クチュクチュと性器を扱きながら乳首を吸われ、唇で挟まれる。
男の小さな乳首でも刺激を受けると感じて、きっちり勃つことを知った。

狼憑きと夜の帝王

犬飼のの

Illustration
山田シロ

B-PRINCE文庫

※本作品の内容はすべてフィクションです。
実在の人物・団体・事件などには一切関係ありません。

CONTENTS

狼憑きと夜の帝王

《一》

犬神煌《いぬがみこう》——俺が本名を名乗ると、大抵の人間は食いついてくる。

一族から逃げようと四国《しこく》を出ようと関係なく、面倒な反応をされる名前だった。

狗神《いぬがみ》伝説や、狗神の作りかたを知っている人間が世間にどれくらいいるのかわからないが、現代なら動物愛護法違反で即逮捕されるような、残虐極まりない方法で犬を殺し、狗神にして祀《まつ》るのが一族のやりかただった。この数百年間、一度も成功していないにもかかわらず、受け継がれるべき伝統行事のように虐殺行為を続けている。

そうまでして狗神に縋《すが》ろうとする、腐りきった下種《げす》共——あの犬達と同じ目に遭わせてやりたいと、何度思ったかしれない。物心ついた時には狗神憑《つ》きだった俺はもちろん、最強にして唯一の狗神も、たぶん同じことを思っている。


高校卒業と同時に犬神本家を飛びだした俺は、大阪に渡って適当な名を名乗り、運送会社に就職した。ところがすぐに見つかってまた逃げ、似たようなことを繰り返した末に今は東京で暮らしている。無愛想で無口だと言われてきた俺が、まず絶対に選びそうにない仕事をあえて選んだ。ハーフの母親譲りの茶髪も淡い色の瞳も、ここなら埋もれて都合がいい。

「皇《こう》さん、ユウリ様からご指名です」

歌舞伎町《かぶきちょう》にあるホストクラブ『Bright Prince』——宮殿みたいな内装の、ほどほど高級な店だ。歌舞伎町を歩いていたらオーナーに声をかけられ、『高木光一《たかぎこういち》』と名乗ったら、『皇』という源氏名をつけられた。それから二年、特に問題なく働いている。

店に出るのは夕方から零時までの一部営業のみ。二部営業よりは精鋭の少ない面子《めんつ》の中で、ナンバー3から5をうろうろ。よくも悪くもないから目立たない。逃亡中の俺には都合のいいポジションだ。

「皇ったら遅ーい。指名されたらすぐ来るっ」

指名客が入っていなかったわりにちんたら移動すると、顧客のユウリに文句を言われた。

相手が女性客なら機敏に動くし気の利いたセリフも言ってみせるが、ユウリは女じゃない。二丁目のボーイズバーのナンバー1で、給料日が来ると女装して通ってくる変人だ。

「もう来るなって言っただろ。うちは原則、男は禁止だ。来るなら女性客と一緒に来い」

「はぁー？　なんで僕が女と来なきゃいけないわけ？　だいたいこうして皇の迷惑にならないようにって、可愛《かわい》い恰好《かっこう》して来てんじゃん。あ、シャンパン入れたげるね、いつものやつ」

巻き髪のウィッグを被ってミニスカートを穿《は》いているユウリは、男には到底見えない。

顔が小さくて目が大きくて、声も高くて、男の目から見ても可愛いとは思う。構ってくれる男はいくらでもいるだろうに、わざわざ金をかけて俺目当てに通う意味がわからなかった。

「金は大事にしたほうがいいぞ。だいたい男が男に貢いでも仕方ないだろ、俺ノン気だし」

「やだなぁ、ノン気を落とすのが楽しいんじゃない。そう簡単に落ちちゃ興醒《きょうざ》めってやつよ」

「俺は永遠に落ちないぞ」

「わかんないよぉ、だって皇って女に優しいけどガツガツしてないじゃん？　そんだけ綺麗《きれい》な顔してりゃ入れ食い状態なのに、皇と寝た女の話を聞かないんだよね。なんかアヤシイ」

そうだな、確かにガツガツはしていない。それには歴《れっき》とした理由があるんだけど。

「ホストだし、客に惚《ほ》れないよう抑えてるだけかもしれないぜ」

「ううん、そんなんじゃないと思う。見ててわかるもん。我慢してる感じでもないし、欲求が薄いんだよね。女を見る目に熱っぽさがないの。だから僕にも脈はあるかなぁって」

「ないない」

「なくないもん。皇はなんだかんだいっても優しいしー」

ユウリが腕にしがみついてきたので、俺は払い除《の》けたいのをこらえつつ黙っていた。

男の姿で来たら思う存分払い除けてやるが、女装は本来趣味じゃないユウリが、ここに来るためだけに化けているらしいので、あまり無下にもできない。

「皇、煙草《たばこ》吸っていいよ。僕ってほんといい客でしょ？」

「吸わせてくれない客のが珍しい」

「んもうっ、可愛くないんだから」

ユウリはそう言って、クラッチから煙草を取りだした。

俺はライターを用意し、ユウリの煙草に火を点《つ》けてから自分の煙草を出す。

二人で横並びに座っているのは、布張りの豪華なソファーだ。フランス直輸入のロココだかなんだかいうやつで、頭上にはクリスタルのシャンデリアが輝いている。

「皇、ねえあれ関係者？　お客さん？　ハイパーカッコイイんですけどっ」

「ハイパー……？」

ユウリが身を乗りだした時にはもう、店内がざわついていた。

入り口に目を向けてみると、大理石の列柱の向こうに長身の男の後ろ姿が見える。

毛皮のロングコートを着ていて、頭身が高くスタイルのいい男だ。傍らにはボディガードとわかる連中が控えていたが、入店するのは一人らしい。

――っ、あれは……！

俺はその男が何者か、まともに顔を見る前に気づいた。

この店の経営は順調だと聞いていたのに、『買収』の二文字が頭を過《よ》ぎる。

「ねえ、誰なの誰なの？」

「御門《みかど》グループの代表だ」

「えっ、嘘《うそ》！　じゃあ、あの人が御門礼司《れいじ》？」

「ウォータービジネス界の帝王――銀座《ぎんざ》が中心だけど、歌舞伎町にも多くの店を持ってる」

「いい男だとは聞いてたけど、ふわわぁ……あれはちょっと反則じゃない？　夜の帝王なんて恥ずかしい通り名も許せちゃう感じ。カッコよ過ぎるでしょー」

ユウリの言葉通り、御門礼司は確かに見映えのする男だ。

過去に二度、俺は歌舞伎町で御門の姿を見かけたことがある。

話したこともなければ目を合わせたこともないが、威圧感があって力強いオーラの持ち主なのは知っていた。

ちなみに俺の言うオーラとは、単なる雰囲気やイメージのことではない。いわゆる守護霊と同義語だ。どんな人間にも守護霊は当たり前に憑いていて、俺の目に映るそれは光の集合体によく似ている。或《ある》いは燃え盛る炎のようでもあり、守護霊というよりはオーラと呼びたくなるものだ。

――いったいなんの用だ？　買収とかじゃなきゃいいけど。

今日はオーナーがいないので、代わりにマネージャーが御門礼司と話していた。

この店では、原則として女連れ以外の男性客は通さないが、御門が例外だってことは考えるまでもなくわかる。買収のための下見だとしたら追い返したいところだろうが、機嫌を損ねるわけにはいかない相手だ。政界にコネがあるとか暴力団を傘下に入れてるとか、逆らうと東京湾に沈められるなんて話も、あながち噂《うわさ》と言いきれない雰囲気を持っている。

――けど怨《うら》まれてはいないんだよな。変な霊は憑いてないし。

犬神本家の末裔《まつえい》である俺は狗神憑きだが、それ以前に持って生まれた霊力が極めて強く、人に憑いている霊が見えてしまう。

強力な守護霊の力で撥《は》ね除けている可能性は否めないが、とりあえず今現在、御門の背中に悪いものは憑いてなかった。

「皇、御門様からご指名だ。ＶＩＰルームに移ってくれ」

「は？　俺？　なんで俺？」

マネージャーがフロアに入ってくるなり真っ直《す》ぐ俺に向かってきたので、店中の人間が目を向けてきた。あまり目立ちたくない俺には迷惑な話だったが、マネージャーは細客のユウリに向かって、「ユウリ様すみません、皇をしばらくお借りしますね」と断ると、強引に俺を立ち上がらせる。

「なんで俺なんですか、指名なんて嘘ですよね？」

「嘘じゃない。お前と個室でゆっくり話したいそうだ。オーナーに用はないって言うし、そうなると例の件だろ？」

「っ、あ……そういうこと」

「ご機嫌を損ねないよう上手《うま》くやってくれ」

腕を摑《つか》まれながら耳打ちされ、納得したようなしないような、微妙な気分だった。

犬神一族の人間に見つかるのを避けながらも、俺はどうしても悪い霊を放っておけなくて、霊障に悩んでいた客に霊力があることを告白した過去がある。そのまま信じて頼ってくるとは思わなかったが、余程困っていたのか頼られたので、客の職場に行って悪霊を祓《はら》った。

もちろん口止めしたが、その妹から親戚《しんせき》へ、さらに同僚やら親友やら、「ここだけの話」は噂として広がってしまい、月に一度や二度そっち関係の仕事を依頼される。

「ユウリ、来たばかりで悪いな」

相手が女性客じゃないせいか、ユウリは「仕方ないなぁ」とすんなり引いた。

俺は店のフロアの奥にあるＶＩＰルームに向かって歩きだす。

この店にはＶＩＰ席とＶＩＰルームの両方があり、個室になっているルームのほうは滅多に使われない。ドンペリコールなどがフロアに届かないので、客が優越感に浸りにくいからだ。

「ご指名ありがとうございます、皇です」

フロアから死角になっている通路を進み、天鵞絨《ビロード》の垂れ幕の外から声をかける。

さらに「失礼します」と言いながら紐《ひも》を引くと、真紅の幕が左右に吊《つ》られて空間が開いた。

フロアでも十分豪華なのに、さらに贅《ぜい》を尽くした小部屋は目に眩《まぶ》しい。六畳ほどしかないが、それでもきっちりシャンデリアがついていて、ピンクや紫の薔薇《ばら》がいい香りを漂わせている。

俺はソファーに座っている御門を見下ろし、背中のオーラに注目してみた。

――やっぱり霊なんか憑いてない。

「君が『Bright Prince』の皇か、噂通りの美人だな」

「はあ……それはどうも。まさか御門グループ傘下のホストクラブに引き抜きたい、とかじゃないですよね？」

「それは君の願望か？」

「いいえ、避けたい展開です」

「ハハ、なかなか面白い男だな」

「つまんないってよく言われますけど」

俺は御門の隣には座らず、テーブルを挟んで正面のソファーに座った。女性客じゃないので、この選択は正しい。

「何か飲みます？」

「その前に話しておきたいことがある。人払いを頼んでおいた」

「ああ、そうですか、じゃあどうぞ」

直前まで笑っていた御門は、真面目な口調で本題に入ろうとする。

どうやら霊障絡みの話で間違いなさそうだ。

本人に霊が憑いていなくても、家や職場に憑いているケースはよくある。

自分で言うのも情けないが、俺は御門グループの代表から直々に指名されるようなレベルのホストじゃないし、こんなことでもなければこの男と話す機会なんてなかっただろう。

これといって面白みもなく、長所といえばアルコールに強いことと、ハーフの母親譲りの顔立ちで少しばかり見た目がいいってだけだった。「顔だけホスト」とか「霊感ホスト」とか、普段からそう呼ばれている。

「――まず礼を言いたい。俺が経営するクラブのホステスが世話になったそうだな。なんでも、鏡に向かうと顔が血塗《ちまみ》れに見えて参っていたとか」

「ああ、はい。そんなこともありましたね」

脳裏にふと、嫉妬《しっと》に狂った生霊の姿が浮かび上がる。

今から半年くらい前だったか、人気ホステスに取り憑いていた女の霊を祓った。

怨まれていたからといって、ホステスが特別悪いことをしたわけじゃない。夫がホステスに夢中で家庭を顧みないために、怨みを募らせた妻がストーカー行為や嫌がらせをした挙げ句に、生霊になって取り憑いた珍しいケースだった。

嫉妬の念は侮れないもので、恵まれた人間は知らず知らず悪いものに憑かれやすい。

御門のように飛びきり強い霊に守られていればある程度ブロックできるが、彼女にはろくな守護霊が憑いていなかった。

「心療内科に通ったり、引っ越してみたり、できる限りのことをやっても駄目で、そんな時に君の噂を聞いて半信半疑でここに来たと聞いている。即日解決したそうだな」

「詳しいことは言えませんけど、大した霊じゃなかったんで」

「報酬もシャンパンタワー一つ分だったそうだが、今でも霊媒の仕事は請けているのか？」

「女性限定で、一応請けてはいますけどね」

俺が「煙草いいですか？」と訊《き》くと、御門は何も言わずに右の掌《てのひら》をスッと上に向けた。

許しを得たので自分で火を点け、煙を吸い込む。どうやら少し緊張していたらしく、煙草を吸うことでようやく御門の顔を直視することができた。顔より先にオーラや霊に目を向けて、本質を見ようとしてしまうのは俺の癖だ。

――なんだよ、ほんとにイイ男だな。ちょっとムカつく。

目の前に座る男は、聞いた話によると三十代半ばで、身長は一九〇近いらしい。

いかにも仕立てのいいオーダーメイドの三つ揃《ぞろ》いを着こなし、高そうな腕時計を着けている。毛皮のコートは預けなかったらしく、ソファーに置かれていた。顔はマネキン人形みたいに整っていて、肌も髪も綺麗だ。

――綺麗……綺麗？

こういうがたいのいい年上の男に対して、綺麗なんて言葉が浮かぶのは妙な話だが、改めて意識して見てみても違和感はなかった。男らしくて強そうなのに、綺麗――そう感じる。

「女性限定と言わずに、俺の依頼を請けてくれないか？」

声もいい、かなりいい。渋くて艶《つや》っぽくて、出せるものなら自分の口から出したい美声だ。

しかも守護霊が強くて強運の持ち主で、実際に成功してて金も地位もあって……天は何故、こうも一人に何物も与えるのやら。嫉妬する気も失せてくる。

「あまりポリシー崩したくないんですよね……噂が広まってこうして貴方《あなた》みたいな人まで来るようになって、正直ちょっと困るんで。まあ、話くらいは聞きますけど」

俺はだいぶ生意気なことを言っているが、御門は平然としていた。

特に不機嫌な顔もせず鷹揚《おうよう》に構えて、「二ヵ月前のことだ」と、切りだす。

「深夜に六本木《ろっぽんぎ》で襲撃を受け、背中を撃たれた。二日間、生死の境を彷徨《さまよ》っていたらしい」

「ニュースで観ました。助かってよかったですね、体はもういいんですか？」

本当は事件当日に客から聞いた話だった。その後、ニュースで犯人の顔も見た。

最初に聞いた時点で俺は御門の守護霊の強さを知っていたので、撃たれたこと自体を意外に感じたが……聞いた話によると、身を挺《てい》して部下を庇《かば》ったらしい。

そんなのはイメージアップのために作られた美談だと嗤《わら》う奴もいたが、俺は事実だと思っていた。根拠があるわけじゃないが、この男が背負うオーラの質から受けた印象だ。

「体のほうは問題ない。ただ、あれから体質が変わったようだ」

「体質？」

「幽霊と呼ばれるものが、微《かす》かに見えるようになった」

御門は真剣な顔で俺を見ていたが、正直「へぇ」としか思わなかった。

生まれながらに幽霊も狗神も見えていた俺にとっては、ごく当たり前のことだ。

そういう人間は珍しいとわかっていていても、いちいち驚くほどのことじゃない。ただ少し同情してしまう。あんなものは見えないに越したことはないし——ましてや普通の人間には、霊のために何かしてやることも祓うこともできないから。

「時々あるらしいですね、そういうの。霊は基本的に自己主張をしたがるんで、見える人間を見つけると付き纏《まと》ってきます。スルーしたほうがいいですよ」

「こうも簡単に信じられるとは思わなかったな」

「俺には珍しいことでもないんで」

「生まれつき霊が見えるのか？」

御門に訊かれ、俺は「ええ、まあ」とだけ答えた。

彼は苦笑気味に顔を歪《ゆが》めると、「死者の霊について、存在することを前提に誰かと話す日が来るとは夢にも思わなかった」と語る。

そりゃそうだろう。人間は自分の目に見えないものは、なかなか信じられない生き物だ。

「報酬はシャンパンタワー一つだったな」

「や、だから女性限定だって言ってるじゃないですか」

御門は傍らにあったメニューを開きつつ、スタッフを呼ぶ。

ここは個室なので、特別にブザーが用意されていた。ファミレスとかにあるやつだが、物は全然違う。真鍮《しんちゅう》製の小洒落《こじゃれ》たやつだ。

「タワーとか入れられても困るんで、やめてくれません？」

「この店ではタワーの場合、四割がホストの取り分になるそうだな。うちのホステスが依頼の際に入れたタワーは百万だったと聞いている。つまり君は四十万で霊を祓ったわけだ」

「そうですけど、だからなんだって言うんですか？　もっと高いタワー入れたら男の依頼でも請けるとか、そんな気はないですよ。身の丈に合わない金は要らないし」

そもそも俺が女の依頼しか請けないのは、女に対する贖罪《しょくざい》のようなものだ。

黙っていられなくて一回やったら口コミで広がって、一族の連中に嗅《か》ぎつけられやしないかとひやひやしてるのに、このうえさらに男にまで手を貸したくない。

それに、金の力で言いなりになるのは嫌だった。相手が誰でも嫌だけど、この人だと特に嫌だと感じる。何故だかよくわからないけど、とにかく気分が悪かった。

「御門様、失礼致します」

「マネージャー、今すぐにロマネタワーの用意はできるか？」

真紅の幕の向こうからやって来たマネージャーに、御門は信じられないことを言う。

俺はもちろんマネージャーも目を剝《む》いて、「大変申し訳ございません、ロマネ・コンティの在庫数の関係で、本日はご用意いたしかねます」と、普段より高い声で答えた。

「リシャールなら可能か？」

「は、はい」

「ではそれでいい。可能な限り積み上げて、他の客に振る舞ってくれ」

メニューを閉じた御門を前に、俺は呆然《ぼうぜん》とした。

リシャールの最大タワーは一千万だ。この男なら即日支払うだろうし、オーダーが通った今この瞬間、俺の懐に四百万が転がり込んだことになる。

俺は一族から逃げている身で、見つかった場合の逃亡資金として貯金は必要だ。けど過剰な金額と御門のやりかたにイラッときた。

「俺、請けるなんて言ってないですよ。だいたいそれシャンパンタワーじゃないし」

「シャンパンでもワインでもブランデーでも、中身はなんでも構わないだろう？」

「その言い草って、俺が金さえもらえれば動くと思ってるってことですよね？」

「他に条件があるなら言ってくれ」

依頼内容を聞く前に請けるかどうかの確約を求められ、ますますイラついた。

こういうわけで困ってるとか、切実な顔で相談してくるなら考えなくもないし、報酬は一番安いシャンパンタワーで十分だ。いきなり金を積むのは誰に対しても失礼な話だろう。

――ん？　この人、何見てんだ？

俺が黙って煙草を吸っていると、御門は視線を俺の左側の席に向けた。

ソファーは三人掛けで、俺は中央に座っている。目の前にあるのはテーブル、御門が座っているのも三人掛けのソファーだ。この部屋には俺と御門の二人しかいない。もちろん、悪霊も生霊もいなかった。

「さっきから気になっているんだが、それはなんという犬だ？　随分大きな犬だな」

「――っ⁉」

まさかの質問に絶句する。嘘かと思った。それか、どこからか本当に犬が紛れ込んでいるのかと疑った。でもそうじゃない。御門の視線は確かに、俺の左隣を見ていた。

「ホストクラブに看板犬とは珍しい。触ってもいいか？」

御門はそう言いながら席を立ち、テーブルのこちら側に回ってくる。

犬を扱い慣れた手つきだった。俺の隣に座っている狗神――銀《しろがね》の顔より下から手を伸ばし、首に触れる。白銀の長い毛が御門の指で梳《す》かれる様を、俺は確かに見た。狗神を視認しただけじゃない。透けることもなく触っている。

――っ、なんで……なんでだ？　なんで見えるんだよ！　まさか、犬神一族の人間なのか？

そうだよな、そうじゃなきゃ見えるわけない。

追手だ。犬神一族の人間。新たな追手――。

指先から落ちかけた煙草を灰皿に突っ込み、俺は血の気が引く感覚を味わった。

銀の姿を捉えられるのは、一族の中でもごく一部の人間だけだ。生死の境を彷徨って霊力が強くなったくらいじゃ、神の一種である狗神は見えない。

「お、俺……ちょっとトイレ、いいですか？」

「ああ、犬は置いていけよ」

全身からぶわっと汗が出るのを感じ、気づいた時には立ち上がっていた。

銀は御門に触られてまんざらでもない様子だったが、ソファーから下りて俺について来る。

狗神と、狗神憑きなんだから当然だ。置いていけと言われたところで無理だった。切っても切れない忌まわしい呪いが、俺達を縛りつけている。

「皇さん、どうしたんですか？　御門様は？」

フロアに戻ると、シャンパンタワーの用意をしていたスタッフが声をかけてきた。

俺は「トイレ」とだけ言ってバックヤードに向かう。

酷《ひど》く焦って、どこかに逃げることしか考えられなかった。

二年間の平穏を突然ブチ壊され、頭の奥が渦巻く。頭痛も吐き気もした。

それでも手足はきびきび動く。自分のロッカーを開け、貴重品を取りだした。

『また逃げるのか？』

「捕まったら座敷牢《ざしきろう》に監禁されて種馬にされる。冗談じゃないっ」

足下にいる銀に、俺は早口で答える。

神格を得て知恵をつけた狗神は人の言葉を操るが、見えない人間には聞こえない声だ。

御門礼司が犬神一族の血を引いていて、俺を捕らえる追手だと考えると、一刻も早く遠くに逃げなければならない。四国以外のどこか……とにかく遠くだ。

暴力団が奴の傘下にあるかどうかはわからないが、夜の帝王が暴力団と無関係なはずはないだろう。そういう連中に組織的に追われたら、これまでのようにはいかない気がした。

俺は裏口から店を飛びだし、午後十時の歌舞伎町でタクシーを拾う。

後部ドアから一緒に乗り込んだ銀は、助手席のシートの背もたれを透過して、運転手の隣に移った。ダッシュボードの上に前脚を乗せて身を乗りだし、呑気《のんき》に尾を振っている。移動中の乗り物から外を眺めるのが好きで、いつもこうしていた。もちろん運転手には何も見えない。

銀の姿が見えるのは、俺以外では血族の三人だけ。ついさっきまでそう思っていた。

――俺が知らなかっただけで、もう一人いたってことか？　なんなんだアイツ！

オーナーから借りているマンションは初台《はつだい》にあり、俺はタクシー代として千五百円払って、釣りは受け取らずに降りた。銀は助手席のドアをすり抜けてついて来る。

駅から近い七階建てのマンションの六階まで、階段を使って駆け上がった。

そうしている間もポケットの中では携帯が振動していたが、無視して部屋のドアを開ける。

あの店には二年もいたのに最悪な辞めかたで申し訳ないと思ったが、今は構っている余裕がなかった。大袈裟《おおげさ》でもなんでもなく、捕まったら本気で座敷牢に閉じ込められる。女を抱けと強要され、跡取りを作らされるのは間違いなかった。

「銀、あの男は一族の人間なのか？」

物の少ない１ＤＫの部屋に飛び込んだ俺は、話しながら金庫に飛びつく。

小型のバッグが入るくらい大きな金庫で、鍵と暗証番号が必要になるやつだ。

中には通帳と印鑑と現金、黒髪のウィッグや眼鏡、マスクや帽子も入っている。

『一族の人間というほどではないが、少しばかり血を引いているようだ』

「少し？　少しくらいでお前が見えるなんて、どういうことだ？」

『臨死体験で霊が見えるようになったと話していたが、正確には眠っていた犬神一族の血が目覚めたのだろう。元々霊力の強い人間が多い一族だ。あり得ない話ではない』

「二ヵ月前に目覚めて……それで、本家に協力を？」

金庫から出したバッグに公共料金の振り込み用紙を突っ込みながら、不意に疑問が湧いた。

御門礼司が持つ強運のオーラが犬神一族に由来するものだとしても、なんとなく事の流れに不自然なところがある。俺を捕まえるなら、わざわざ客として会いにくる必要はないはずだ。暴力団でもボディガードでもなんでも、腕っ節の強いのを揃えて拉致《らち》すれば済む。

『お前は随分と焦っているようだが、あの男から敵意は感じなかったぞ。それに席を立とうとしたお前に対し、犬は置いていけと言っていた。犬神一族の人間ならば、私を犬とは言わないだろう。置いていけないこともわかっているはずだ』

言われてみれば確かに、追手とは思えない言動ばかりだった。

それでも安心はできない。頭のいい男だろうし、これまでの追手とは違うやりかたを選んだだけかもしれない。油断させて薬を使い、穏便に攫《さら》うとか、そういうことを——。

「……っ！」

ピンポーンと、文字に書いて読み上げたような音がする。

マンションの入り口を通るには鍵が必要なのに、部屋の前まで人が来ていた。

さらにドンッドンッと叩かれ、背中に冷汗が伝う。

ここは六階、ベランダから逃げるのはほぼ不可能だ。夕方までは雨が降っていたし、無理に下りればどこかしらで滑り落ちる。下手をすれば死ぬかもしれない。

「捕まるくらいなら死んだほうがマシだ」

どうしたらいいのか迷っているうちに、言葉が先に出た。

行動もそれに伴い、俺はベランダの窓を開ける。

『そうだな、お前が死ねば私も解放される』

「ああ、いっそ絶ったほうがいいだろ？　こんな血は……っ」

口ではそう言ってみたが、死にたくはなかった。俺はまだ自分の人生を生きてない。

銀の姿が見える三人——曾祖父と双子の従兄《いとこ》に追われ続け、ただ逃げているだけだった。

彼らを始めとする一族の目的はひとつ。本家直系の血を次の世代に繋げることだ。そうしなければ、犬神一族は最強の狗神、銀を失って衰退することになる。要するに、俺じゃなく俺の子種を追っているわけだ。

『煌、ドアの向こうに御門という男がいる。他にも男が三人いるが、悪意はないぞ』

「悪意がなくて追ってくるかよ！」

再びピンポーンと音がして、またしてもドアを叩かれる。

俺は一旦玄関まで走り寄り、スニーカーを手にベランダに向かった。

ホストスーツには合わないが、一番動きやすい靴だ。それを履いて逃亡用のバッグを持ち、隣家との境界に立つ。柵を越えようとすると、玄関のほうからガチャガチャと音がした。

——鍵……っ、なんで開けられんだよ⁉

土足でフローリングの上を走る音が聞こえてくる。

慌てて柵の上に片足を引っかけたが間に合わなかった。

「危ない！　下りろ！」

御門の姿は見えず、俺はボディガードの男達に捕らえられる。

飛び降り自殺をする人間を止めるような勢いで服を引っ張られ、ベランダの床に思いっきり体を打ちつけた。特に肘《ひじ》が強烈に痛む。骨と筋肉がバラバラに千切れたみたいな痺《しび》れが走り、みっともなく呻《うめ》いてしまった。

「なんなんだよ！　放せっ！」

叫んだ直後、ハンカチで口を塞《ふさ》がれる。ドラマや漫画で見るような薬品つきのハンカチかと思ったが、特に異臭はしない。普通に柔軟剤の匂いがするハンカチだった。

「ん……っ、う——っ！」

ただ口を塞ぐのが目的だったらしく、俺はそのまま男達の手で部屋の中に戻される。

可能な限り暴れて、床をドカドカと蹴《け》って音を立てようとした。階下の住人が異常を察して苦情を言いにくるなり通報するなりしてくれたら、逃げる隙が生まれるかもしれない。

そう思ってさらにドカドカ床を蹴ると、男に両脚を摑まれた。脇にも手を入れられて羽交い締めにされ、とうとう全身を浮かされる。

「窓を閉めろ、カーテンもだ」

短い廊下の先から御門が命じると、男の一人が言われた通りにした。

銀はいつの間にか御門のそばに立っていて、わざわざ首を伸ばして擦り寄っている。

一人だけ玄関にいる御門は、俺のみっともない恰好を悠長に眺めつつ、銀の毛皮の手触りを愉《たの》しんでいた。

「何故いきなり逃げたんだ？」

「っ、う……！」

訊かれても、口を塞がれていて答えられなかった。

御門は屈《かが》まずに銀の首を撫《な》で続ける。その右手の動きは、このボディガード達には謎めいたものに映るだろう。そんなことを考えているうちに廊下に連れていかれた。部屋は狭いので、ほんの数歩で御門と銀に迫る。そしてハンカチを外された。

「アンタは、犬神家の……っ」

「――犬神家？　映画の話か？」

「そうじゃない……しらばっくれるな！」

「では小説か？　シリーズはすべて読んだし、映画も観たぞ」

「しらじらしいんだよ！　アンタ……出身どこだよ！　四国だろ、高知《こうち》だよな⁉」

「いや、成城《せいじょう》生まれの成城育ちだ。だが、曾祖母は高知の山奥で育ったらしい。詳しい場所は聞いていないし、俺自身は四国に行ったことすらないが――」

「……っ、じゃあ、誰かに頼まれて俺を攫いにきたとか、そういうんじゃ、ないのか？」

宙に浮かされていた俺の体は、男達の手で床に下ろされる。

羽交い締めのままだったが、両膝《りょうひざ》がついたことでいくらか冷静になった。

御門は相変わらず銀の首を撫でていて、銀は気持ちよさそうにふさふさの尾を振る。

「誰にも頼まれてなどいない。俺は自分の意思で、お前に仕事を依頼したいと思っている」

俺を「君」ではなく「お前」呼ばわりした御門は、実に涼しげな顔で言った。

確かに他意はなさそうだけど、上から目線が癇《かん》に障る。

「だったらなんで追ってきたんだよ！　鍵を勝手に開けるとか土足で部屋に上がるとか、普通じゃないだろ！」

「普通じゃないのはお前のほうだ。本名として高木光一と名乗っているようだが、偽名なのは調べがついていた。かといって何者なのかはわからない。逃げられると見つけだすのに手間がかかりそうだからな」

「だから、こんな強引なことしたっていうのか？」

「俺が来店した途端逃げたということは、何かしら後ろ暗いところがあるんだろうが、逃げる前に付き合ってもらうぞ。胡散臭《うさんくさ》い業者に頼る気はないからな」

「俺だって、本物かどうかわからないだろ？　口コミを丸々信じていいのかよ」

「体質が変わったと言っただろう？　お前の背中には、他の人間にはあるものがなかった」

「――っ」

「本物だと思ったから追いかけたんだ」

霊とか霊媒とか言わないあたり、御門は俺に何を依頼したいのかを人前で言う気はないようだった。指摘通り、俺には守護霊というものがない。神格を得た狗神が憑いているため、いい霊も悪い霊も寄りつかないせいだ。

「お前が何を勘違いしたのか知らないが、俺に他意はない。シャンパンタワーの代金はすでに支払ったが、足りなければ上乗せしよう。さらに成功報酬として、お前が何かから逃げているなら手を貸してやってもいい」

「……本当に、犬神家とは、関係ないんだな？」

再確認したが、気持ちはだいぶ落ち着いていた。

騙《だま》されている可能性はゼロじゃないが、銀の態度からすると問題なさそうだ。

銀は進んで俺を助けることも危害を加えることもないが、内心では犬神家直系の血が絶えることを願っている。つまり、追手に対して好意的な態度は取らないということだ。

「関係ない。俺の依頼はプライベートなものだ。仕事と割りきって請けてもらいたい」

「わかった、わかりました……けど、依頼を請けるには条件があります」

「なんだ、言ってみろ」

「俺を解放して、この人達に床を拭《ふ》かせてください」

「床を？　そんなことでいいのか？」

「ここ、オーナーに借りてる部屋だから」

俺の言葉の何が面白かったのか、御門は軽く息を抜くように笑った。

命令を聞くまでもなく、ボディガードが俺の両脇から手を引く。

完全に解放されると、痛みが戻ってきて肘がズキズキした。

「お前達はここに残り、床を元通りにしろ。終わったら帰っていい」

「代表っ、最低でも二人はつけてください」

「強面《こわもて》の番犬がいるんだ、問題ない」

御門はそう言って踵《きびす》を返すと、銀を見下ろして「行くぞ」と声をかけた。

俺はなんとか立ち上がり、スニーカーを脱いでから玄関に向かう。

背後から、「番犬？」と怪訝《けげん》な声が聞こえてきた。

《二》

初台にあるマンションから、運転手つきの外車に乗って銀座に向かった。

二人して後部座席に座り、銀《しろがね》は助手席でいつも通り外を眺めていた。

車内ではほとんど喋《しゃべ》らなかったが、御門は無難な話題だけを振ってきた。

銀が物体をすり抜けるところをまだ見ていないため、実在の犬だと思っているらしい。

本当は全然無難な話題じゃないのに、「この犬の名前は？」だの、「狼《おおかみ》に似ているようだが、犬種は？」だのと訊いてきた。

俺は運転手を困惑させちゃ悪いと思って適当に濁し、『Bright Prince』のマネージャー宛てに、黙々と謝罪メールを打つ。件名は『すみません』、本文は『御門サマとアフターしてます。急に飛びだしてすみません。明日ちゃんと叱《しか》られます』のみ——アフターも何もまだ営業時間内で、本来なら許される話じゃなかった。

それでも返ってきたのはたった一言、『くれぐれも失礼のないように』だけだ。相手が相手なのと、一晩で一千万売り上げたせいだろう。とりあえずクビは繋がっているらしい。

「叱られなかったか？」

「それは、明日……」

「クビになったら俺に言え。好条件で雇ってやる。犬連れで仕事は難しいかもしれないがな」

ヒーターつきレザーシート完備の車内で、御門は助手席に目を向けている。

過剰な威圧感のある男だが、銀を見る目は穏やかだった。どうやら愛犬家のようだ。

当の銀は御門の誤解を愉しんでいるらしく、いつもは通り抜けている物を通り抜けず、並の犬のように行動するから性質《たち》が悪い。

――まあ、人前でギョッとされるよりマシだけど。

いや、どのみち御門は驚かないだろう。どういう人物なのかよく知っているわけじゃないが、なんとなくそんな気がした。霊が見えるようになっても冷静なあたり、ありのままをすんなり受け入れそうだ。

しばらくして御門の家に到着し、俺は車から降りた。「家」だの「自宅」だのと言われて、豪邸や超高層マンションにでも連れていかれるのかと思ったら、それ以上の場所だった。御門グループ本社ビルの最上階――ヘリポートを備えた立派なビルに、代表様はお住まいらしい。

「君に頼みたいのは通訳だ」

俺が住んでいる1DKより広い玄関を抜けると、すぐにそう言われた。

どうやら「お前」から「君」に戻ったようだ。

そんな部分に気を取られていたので理解するのが遅れたが、御門が俺に依頼したいのは霊媒そのものらしい。除霊ではなかった。

「霊の言葉が聞きたいんですか?」

「ああ、声までは聞こえないからな。姿形も、外で見かける他の霊よりは遥《はる》かに濃く見えるが、ぼんやりとした状態に過ぎない。俺に何かを訴えている様子で、ずっと気になっている」

俺は御門の後ろを歩きながら、「唇の動きとかは見えます?」と訊いてみた。

霊の状態に興味があったわけではなく、御門の霊力を知りたかった。

「口を開いて何か話しているようではあるが、読み取れるほど鮮明には見えない」

「誰の霊かはわかってるんですか?」

「元恋人だ。三年前に自殺した」

「……っ!」

御門は広い廊下の突き当たりで足を止め、ゆっくりと振り返る。

俺の顔を見て、それから銀にも目を向けた。そしてもう一度俺を見る。

「見えるようになったのは今から二ヵ月前。正確には退院してここに戻ってきた時からだが、俺が見えなかっただけで実際には三年前からここにいて、何かを訴え続けていたのかと思うと申し訳ない気持ちになった。知人に紹介された住職や霊媒師に依頼して見てもらったが、俺と同じくらいか、それ以上に見えない人間ばかりで話にならない」

「俺だって貴方以上に見えるとは限らないですよ。霊力は強いと思うけど、霊の一存で特定の人間にしか見えないケースもあるんで、あまり期待しないでください」

御門が今から開けようとしている扉は、寝室の扉ではないかと思った。

部屋の位置と、扉の雰囲気からしてそんな感じがする。自殺した元恋人とやらは、おそらく御門に未練があるんだろう。恋人の寝室に取り憑くのは、だいたいそういう霊だ。

「悪霊を祓ってくれとか、そういう話かと思ってました」

「悪霊ではないのは確かだ。成仏させることが、あの子にとっていいことならそうしてほしいところだが、まずは訴えを聞きたい」

あの子という言葉に、俺は若い女の姿を想像した。

御門の年は三十代半ば程度。恋人の死亡時には三十代前半だったとして、あの子と呼ぶのは十歳くらい年下の女だろうか。今の俺と変わらない年の美女が、扉の向こうで待っていそうだ。

「その人の名前は？」

「偶然にも、君の偽名と同じだ。苗字《みょうじ》は違うが、名前は字も同じ、光一《こういち》」

え？　と思ったと同時に扉が開かれ、三十畳はありそうな寝室が目の前に広がる。

中に入ってみると重厚感のある黒革のベッドが見え、そこにバスローブ姿の地縛霊が座っていた。予想は半分アタリで半分ハズレ。美女ではなく、俺と同い年くらいの美青年だ。

ベッドに座ったまま俺の顔を見て、困惑している。銀にも目を向け、びくっと怯《おび》えていた。

「元恋人が、男？　ゲイなんですか？」

「女の恋人もいたが、光一は男だ。どうだ、見えるか？」

「はい、見えますよ。座ってるけど、身長は俺と変わらないくらいかな。金髪に近い茶髪で、ピアスをつけてる。右に三つ、左に一つ。白くて大きめのバスローブを着てて、ポケットには御門グループの社章。右手の薬指には指輪。あ、あと左目の下に泣き黒子《ぼくろ》」

「凄《すご》いな、俺にはバスローブを着ているのか死装束を着ているのかすら判別できない」

御門に感嘆され、俺は密かに胸を撫で下ろす。力を見せつけたいなんて思ってないが、これまでここに来た霊媒師のように、使えない奴だと落胆されるのは嫌だった。

『――っ!』

ベッドに座っていた光一の霊は、俺が御門以上に見えるのだと認識するなり表情を変える。下手すれば御門の新しい恋人だと誤解されて怨まれそうなものだが、彼には攻撃性がまるでなかった。最初は怯え、次に焦ったような顔をして、最後には安堵《あんど》の表情へと変わる。

そして光一の唇が動き、声が聞こえてきた。綺麗な顔に似合いの声だ。

――え?

しばらく黙って聞いていた俺は、彼の言葉に耳を疑う。

横から御門の視線を感じながらも、簡単には振り向けなかった。

話を全部聞き終えて、さらに数秒してからやっと動けるようになる。

「この人、どうして自殺したんですか?」

自殺者でありながらも穏やかな光一を前にして、俺は御門という男にますます興味を持った。

あえて訊いてみたのは、単純に知りたくなったのと、御門を試す意図の両方だ。

恋人に自殺された男は、いったい何を思うのだろう。悲しいとか悔しいとか淋《さび》しいだけじゃなく、男としてどんなにか不名誉なことではないかと俺は思った。一見完璧に見えるこの男が、どう答えるのか気になって仕方ない。

「遺書がある」

御門は少しだけ間を置いてから答え、ベッドに近づいた。

光一の霊の横に立ち、サイドテーブルの抽斗《ひきだし》を開ける。

そこから薄紫色の封筒を取りだして戻ってくる最中、光一に向かって「見せるぞ」と断りを入れた。光一がどう返事をしようと御門には聞こえないが、彼は『はい』と答えていた。

俺は受け取った封筒から便箋《びんせん》を抜いて、光一の遺書を読む。

冒頭には『親愛なる礼司さんへ』とあり、一枚目には感謝の言葉が綴《つづ》られていた。

光一は男関係で問題を起こして医学部を中退し、親に勘当されてホストになったらしい。客の売掛金を背負って困っていたところを御門に拾われ、経済的な援助を受けていたようだ。御門に呼ばれてこの部屋に来て、ベッドで一緒に過ごす時間が何よりの幸せだったと書いてある。

『僕は貴方にとって特別な人間ではなく、それを承知のうえで貴方の恋人の一人になりました。捨てられたくなくて平気な振りをしていたけれど、本当は嫉妬で狂いそうだった。貴方が抱く他の人達だけではなく、貴方のことまで憎んでしまいそうだった。僕がこのまま生きていたら、いつかきっと醜い本性を現して、貴方に心底嫌われてしまうでしょう。このまま、可愛がってもらっている今のままで、終わらせたいと思います。勝手をしてごめんなさい』

便箋の二枚目は、文字が少し乱れていた。

最後には名前、その前には『永遠に愛しています』と書いてある。

なんだか、酷く不思議な気分だった。

これを書いた光一は、俺の目にこんなにもくっきりと映っていて、まるで生きているように綺麗なのに、現実には骨になっている。霊が見えて当然の生活を送ってきた俺が、こういった感傷を覚えるのは珍しいことだ。

——勿体《もったい》ない。

不意にそんな言葉が浮かんだ。よくわからないけど、そう思う。

たとえ大勢の中の一人だったとしても、好きな相手に大事にされて、死んで三年経った今も言葉に耳を貸そうとしてもらっているくらいなのに、自分で切り捨てるなんて勿体ない。

独占したかったなら、そう言えばよかったのにと思ってしまう。

好きだと叫んで、嫉妬とか激しい愛情とか、そういうのを剥きだしにしてぶつかってみれば、思わぬ展開だってあったかもしれないのに。

仮に御門と駄目になったって、他にもっと好きな相手ができるかもしれないし、若い身空でわざわざ死ぬなんて馬鹿だ。命も体も勿体ない。

――誰も好きになったことがない俺には、わからない想《おも》いがあるんだろうけど……でも……

人生は一度きりだし、前向きに生きなきゃ勿体ないのは確かだ。

俺は便箋を折り畳み、封筒の中に戻す。

手紙を受け取った御門は、俺ではなく光一のほうを見た。

彼の目には、いかにも幽霊って感じの、濃霧の集合体のようなものが映っていると思う。

光一だということはわかっても、表情も口の動きも読み取れない程度の、ぼやけた姿――。

「後悔しました？」

俺の問いに、御門は「ああ」と短く答えた。

顔色を変えたりはしなかったが、悔やんでいるのは目を見ればわかる。

時薬《ときぐすり》なんて言葉もあるし、三年経ってもう落ち着いていた話だったのかもしれない。

それなのにこうして、三年間ずっとベッドに居座られていたことを知るっていうのは、結構きついものがありそうだ。

「当時は何もかも上手くいっていて、恋人も、自分に都合よく動くものだと思い上がっていた。そういう俺の傲慢《ごうまん》さが、光一を殺したんだ」

御門の言葉に、光一がすすり泣く。

その泣き声すら、御門には届かない。

今でも愛しているのに……ベッドから離れられないくらい好きなのに、会話もできない。

「光一が俺に何を訴えているのか、何をしてほしいのか教えてくれ。俺を罵《ののし》っていたとしても、遠慮なくそのまま伝えてほしい」

「はい、じゃあ言いますね」

俺は光一から聞いた言葉を正確に伝えるべく、御門の顔をじっと見た。

目を合わせた彼が、少し緊張しているのがわかる。でもそれだけじゃなかった。

さっきの光一と同じように、ほっとしているようにも見える。言葉が伝わらないってことは、物凄くしんどいことなんだと改めて思った。

「罵るどころか、貴方の体を心配してるんです。二ヵ月前に銃撃されたあと、医者が見逃した弾丸の一部が体内に残ってるそうです。それが血管の中で少しずつ移動して、このまま放っておくと心臓に近づいて死に至る。だから早く病院に行って精密検査を受けて、異物を取り除く手術を受けてください――光一さんが貴方に伝えたいのは、それだけです」

御門は俺の言葉に……というより光一の言葉に驚いた様子で、急いでベッドのほうを向く。

その横顔を見ながら、俺は御門礼司という男について考えていた。

体の中に危険な異物があると言われたのに、そのことに驚いているわけじゃないってことは、態度で察しがつく。御門が驚いているのは、自殺した光一の気持ちそのものだ。怨まれたっておかしくはないのに、ただひたすらに想われていたことに動揺している。

「本当に、他には何も？」

「隠すほどの義理はないですし、怨み言でもなんでも、あればちゃんと伝えます」

俺はそう答えてから、「今、安心した顔してますよ」と付け足した。

この二ヵ月間、御門に伝えたかったことをようやく伝えられて、光一は成仏しそうなくらい嬉しそうだった。

霊にも色々あるが、自殺者の霊でこういうタイプは滅多に見ない。

霊に付き纏われたらとにかく祓おうとする人間が多い中で、御門は光一の訴えを聞くことを望んだ。そういう男だから、光一も彼を守ろうと必死だったのかもしれない。

「ありがとう。君には心から感謝している」

「それはそうと、このベッド使ってる形跡がありますけど、まさか今でもここで寝てるとか、ないですよね？」

しんみりした空気が苦手な俺は、意図的に話題をそらした。

ホテルと違って完璧にメイキングされてはいないベッドと、サイドボードの上に積まれた本に、なけなしの生活感があるような、ないような。少なくとも二ヵ月前から放置しているとは思えなかった。この部屋に入った時から、なんとなく気になっていたことだ。

「ここで寝ている。さすがに最初の数日はゲストルームで寝たりホテルに泊まったりもしたが、一週間もすれば慣れた」

「嘘、マジで？　毎晩、幽霊と？」

「ああ、寝るのは明け方だが、一緒に寝ていた。俺がベッドに入ると、光一の霊も横になる」

御門はそう言って、唇の端を持ち上げた。フッと笑いながらベッドを見ている。

まさか本当にここで寝ているとは思わなくて、驚きつつも笑ってしまった。

「凄い度胸してるんですね。怖くなかったんですか？」

「見知らぬ人間の霊ならいざ知らず、可愛がっていた恋人だぞ。怖がる道理がないだろう？」

「それでも普通は怖がるもんです。あ、でもそっか。貴方が普通なわけないんだった」

「君だって普通じゃない」

「それ褒めてます？」

「もちろんだ」

御門は俺の顔を見て笑う。胸に痞《つか》えていた懸案が解消して、スッキリしたようだった。

精密検査だの手術だの、新たな懸案ができたっていうのに、憑き物が落ちたみたいに見える。

結構いい人だな、とか思ってしまった。誰にでもわかりやすい即物的な価値じゃなく、魂が上等な気がする。だからなんとなく、御門に構われて舞い上がる人間の気持ちがわかった。

もし俺がゲイで光一と同じ立場だったら、似たような想いに駆られたのかもしれない。

あくまで仮定の話であって、俺には関係ないことだけど。

「これからどうします？」

俺は御門の顔を直視するのをやめて、光一の顔色を窺《うかが》ってみた。

安心して嬉しそうにはしていたが、自力で成仏する気配はない。

銀は主の俺の言霊で動くため、俺が「成仏させてやれ」と命じれば光一に咬《か》みつく。たったそれだけのこと。一瞬で終わる話だ。そこから先は俺や銀の与《あずか》り知らないところで、転生できるか地獄に落ちるかは彼次第。要するに、今すぐ祓ってしまっても問題はない。

霊の望みを聞いてやって、納得させて送りたいと思うのは、結局のところ生きている人間の自己満足みたいなものだ。ただ俺は、そうしてやろうとする人間が好きだけど――。

「光一の希望がわかるか？」

「聞いてみます」

俺は霊に近づいて、触れ合えるくらいそばまで行った。

狗神と違って実体化できない幽霊だから、実際に触れることは不可能だ。

それでも視線は繋がっていた。頭の天辺《てっぺん》から爪先《つまさき》まで、礼司さんの好みのタイプだ』

『君は美人だね。健康的だけど線が細くて色白で、礼司さんの好みのタイプだ』

「へぇ、そうなんだ。けど俺、ゲイじゃないから心配要らないぜ」

光一が喋りだしたので答えると、彼は意外と言わんばかりの顔をした。

やっぱり何かしら誤解があったのかもしれない。

『それは残念だね……君のような人が礼司さんのそばにいてくれたら、これから何があっても大丈夫な気がするのに』

上等な男の恋人は、それに相応《ふさわ》しい心の持ち主なんだろうか？　光一は嫉妬の念を向けてはこなかった。生きている時はいくつもの感情でバランスが取れていても、死んで特定の一念に囚《とら》われてしまう霊は多い。光一はいいほうに転んで、御門を独占したい欲望よりも、彼を守りたい想いのほうが強く出たんだろう。

「血管に異物が流れてるかどうかなんて、俺にはわからなかった。守ったのはアンタだ」

『君が伝えてくれたから』

光一は微笑《ほほえ》みながら、『礼司さんは、ちょっと怖く見えるけど優しい人だよ』と言った。

ベッドの上に座ったまま、御門の顔を見上げる。

『僕が幽霊になっても、怖がらずに一緒に寝てくれたんだ。隣にいる僕を見て、お前が生きていたら抱けたのにな……って、そう言ってくれた』

御門への未練を見せた光一は、涙をぼろぼろと零《こぼ》す。

俺はどうするべきか迷った。光一の言葉を伝えたところで、結局どうにもならない話だ。迷っているうちに想像が働き、目の前のベッドで御門と光一が抱き合う姿を思い浮かべる。

俺はゲイじゃないし、女と交わるわけにはいかない狗神憑きで……だからつまり、要するに、早い話が未経験なわけだけど、無知で馬鹿にされるのは嫌だったから、上京してから観るべきものはしっかり観てきた。男同士のやりかたも、ユウリが聞かせてくるから一応知ってる。

――このベッドの上で御門と光一が裸で……キスして、絡み合って……。

軋《きし》みそうにない重厚なベッドなのに、頭の中に安っぽい擬音が響いた。

そういうことをする時、御門はどんな顔をするんだろう。澄ました表情を崩して、ちゃんと気持ちよさそうな顔とかするんだろうか？

「——っ！」

目の前の光一が突然立ち上がり、俺は我に返る。

まずい。そう思った時には遅かった。光一が正面から迫ってくる。

霊力が強くても、霊を触ることなんてできない。普段ならすり抜けるはずなのに、彼は俺の中に入ってきた。たちまち悪寒が体を駆け抜け、ぞくんっとする。

——しまった……憑かれて……っ！

俺の体の中に潜り込んだ光一の霊は、視認不可能な状態になる。

狗神が憑いている俺に普通の霊が取り憑くのは無理なのに、俺自身が同調したせいで光一を迎え入れてしまった。たぶん、彼が求めることと似たようなことを考えたせいだ。

「光一……っ、おい、どうなったんだ？　皇!?」

俺が呼ばれてるのか彼が呼ばれてるのか、頭がぐらぐらしてよくわからなくなる。

一瞬金縛りにかかり、動いたと思った時には操られていた。自分では指一本動かせない。

『礼司さん……ああ、礼司さん！』

「光一、なのか？」

俺の口から発せられた声は、俺のものではなかった。

両手は御門の背中に回り、ぎゅっと抱きつく。さらに何度も、『礼司さん、礼司さん！』と、それ以外の何も頭にないかのように声を振り絞った。俺の声帯を使ってるのに、声は違うんだから奇妙な話だ。

「——っ、銀」

俺は御門に抱きつきながら、自分の声を出す。

振り絞ってなんとか一言。それでもいくらか安心した。

狗神憑きは狗神を言霊で操る関係上、声を封じられると非常にまずい。

銀は自主的には何もしないから、命じて使役できなければ霊に乗っ取られたままになりかねないってことだ。けど、もう一度声を出すかどうかについては迷った。光一は御門と直接色々話したいだろうし、声が出るとわかった以上、そう急ぐこともない。

「光一、お前なんだな？」

『礼司さん、抱いてっ！』

——え？

やや悠長に構えていた俺は、光一の言葉に絶句する。

自分の口から男に向かって、『抱いて』なんて言う日が来るとは夢にも思わなかった。

まさか、まさかだよなと思っていると、御門の手が腰に回る。

あっという間に押し倒されて、背中からベッドにダイブした。

ふんわり軽い羽毛布団と、どんな素材なのか想像もつかない感触のマット。未知の寝心地に驚いていると、御門の顔が迫ってくる。アップに耐えられる顔だけど、間違いなく男の顔だ。

ちょっと、ちょっと待ってくれ——そう言おうと思ったのに、先を越されて塞がれた。

重たい唇、表面は柔らかくて、押し合うと硬い。弾力があって、俺の唇を好き勝手に捏《こ》ねる。

ホストをやりながらもキスさえしてこなかったのに……それすらも、女に災いを齎《もたら》しそうで怖かったのに、この男は実に簡単にやってのけた。

光一が俺の体を支配するからだ。そして御門が、それに乗じてどんどん突き進むせいだ。

怯《ひる》んでいるうちに上着を脱がされてしまった。慣れた手つきでネクタイを解《ほど》かれる。

俺の舌が御門の口内を探り始めた。舌を絡めては弾き合い、そして吸う。

両手は御門の上着を引っ摑んで、忙《せわ》しなくひん剝いた。

もちろん俺が動かしているわけじゃない。

——やばいって、もう！

御門は、光一が俺の体も意識も完全に乗っ取ってると思ってるんだろうか？

それとも俺が容認していると思って、合意のうえの行為だと判断したのか？　どっちかよくわからないけど、これ以上はダメだと思った。やけに気持ちよくて、ちょっとやばい……。

「は……っ、ふ、ぁ」

漏れたのは俺の声か、光一の声か。自分でもわからないうちにベルトを外される。

俺の手も御門のベルトに伸びていた。スムーズに外しながら、貪るようなキスをする。

唇と唇を崩し合って舌を絡めて、唾液《だえき》を交換して……そういうことが、こんなに気持ちいいなんて知らなかった。いっそのこと感覚ごと奪ってくれたらいいのに、俺の五感は冴《さ》えている。

自由にならないくせにすべてを感じてしまった。寝心地のいいベッドと、脳がくらくらするようなキス、しっとりした愛撫《あいぶ》――。

『礼司さん、来て……っ、早く』

唇が離れると、光一が甘ったるい声を出す。

甘いけど、でも切実だった。こんな状況なのに、焦っているのは俺よりむしろ光一のほうだ。キスだけで満足して、うっかり成仏してしまうのが怖いのかもしれない。

とうとう下着を脱がされた俺は、同時に御門の体を目にした。

盛り上がった胸筋と割れた腹筋が見事で、男として惚れ惚れする体だ。

下着は穿いたままだったが、すでに勃起したモノの形がくっきり出てる。全貌を見なくても巨根だとわかるそれに、俺の指先が触れた。そして掌も触れて、撫でさすりながら包み込む。

「光一」

違う。それは偽名で、俺は煌――そんなことを一瞬だけ思って、すぐさま訂正した。

取り憑かれて頭がどうかしたのか、瞬間的に、俺は光一の存在を忘れていた。

状況判断ができたところで、どうしていいかわからなくて狼狽《うろた》える。

そうしている間に、御門がローションらしき物を手に取った。

——嘘……だろ？

仰向けのまま脚を広げられ、とんでもない所にローションを垂らされる。

冷たくて水っぽいのかと思ったら逆だった。じんわり熱くて重たい感じの粘液だ。

御門の指が孔《あな》の周りを滑り、俺は手を伸ばして御門の下着を引き下ろす。ＡＶで観た男優のそれより立派な物が、視界に入ってきた。

「——っ」

ダメだとか、やめろとか言おうと思った。本気で声を振り絞れば言えるはずだ。

たった一言でいい。銀に「祓え！」と命じれば終わる。光一が成仏すれば、俺は自分の体を取り戻して抵抗できるし、そうするまでもなく御門は手を止めるだろう。

「あ……ぅ、あっ！」

体の中に指を挿入され、思わず喘《あえ》いでしまった。

光一の声ってことにしておきたかったけど、俺の声だ。

恥ずかしくなって横を向こうとしても、乗っ取られた体は首すら動かせない。力を入れるとマンションのベランダで打った肘が痛くなった。どうにか視線だけを動かして、寝室の片隅に座る銀と目を見合わせる。

四六時中一緒にいるからどんな姿もいまさらなのに、酷く恥ずかしいと感じた。

そのくせ言えない。「この霊を祓え」と、たった一言が言えずに、俺はまた「あ……っ」と喘ぐ。体の奥にやたら感じる所があって、指先で弄《いじ》られると冷静じゃいられなかった。

――どうしよう……このままじゃ、俺の体……！

御門の唇が再び迫り、キスをされる。

光一によって動かされている俺の体は、こういうことに慣れた様子で滑らかに動く。御門の舌に応え、挿入された指の動きに合わせて力を抜いて、腰を小刻みに揺らした。

自分の腰の動きと、御門の指の動き。それが合わさって……よ過ぎて怖くなる。

本来は弄るべき所じゃない孔が、柔らかく解《ほぐ》されるのがわかった。それなりに太い男の指が二本も挿《はい》ってるのに、痛みはない。ぐちゅぐちゅ激しく突かれると、鳥肌が立つような快感が全身を駆け抜けた。

「ふ……っ、う……」

また声が漏れる。そのくせ肝心な言葉は出てこない。

初めての経験に流されている自覚があった。意識がひとつに纏まらない。

触れられた所が熱くて、そこから体温が上昇する。他人に触られることが、こんなに気持ちいいものだなんて知らなかった。

――銀……っ！

俺は御門とキスをしながら、再び銀に視線を向ける。

御門の体の動きで、もう間もなく決定的なことになるのを察していたから……これがラストチャンスだと思った。次に唇が離れたら必ず祓わせよう。

光一はだいぶ満足したはずだし、今すぐ祓っても残酷な話じゃない。これは俺の体であって、最後までなんて絶対無理だ。

「お前を失いたくなかった」

「！」

唇が離れた途端、御門の言葉が降り注ぐ。重くて悲痛な声だった。

自分に向けられたんじゃないとわかっていても、胸にずしんと響いてくる。

俺が「御門」と呟《つぶや》きそうになったその時、光一が『礼司さん……』と切なげに口にした。

そして俺は、自分が部外者だということを改めて痛感する。器《うつわ》を貸してるだけのこと。今の俺は、ここにあってここにない。まるで幽霊のような存在だ。

「う、あぁ！」

ぼうっとしていると御門が腰を上げ、俺のそこに突っ込んでくる。

乱暴ではなかったけど、初心者相手の抱きかたではない気がした。

指で解されたあとでも痛くて、体が勝手にびくびく震える。自分の意思では動かせないのに、感じて反応するのが嫌だった。

――痛ぇ……っ、そんなん、挿《い》れんな、って……！

『礼司、さ……ん……っ、嬉しい』

ずくずくと繋がる体から、感覚やら意識やらを切り離してしまいたかった。

止められずにここまでしてしまった以上、仕方ないとは思ってる。けどせめて、俺のいない所でやってほしい。体は確かに俺の物で、痛みを上回る快感で満たされていくのに、心の中はどんどん空っぽになる。俺はいったい、ここで何をやってるんだろう？

『礼司さ、ぁ……は……っ、あぁ』

「――ッ」

光一と御門の声が重なる。

威圧的なモノが、どのくらい収まったのか俺にはわからなかった。

御門は腰を揺らして抽挿を始めたけど、やっぱりこのベッドは軋まない。

代わりに俺の体がミシミシ鳴ってるみたいだった。

粘膜を限界まで拡《ひろ》げられる音、脚を大胆に開いたまま、重たい体を迎え入れる音。

それと、ローションや体液がぐちゃぐちゃ混じるヤラシイ音。肌と肌が滑る音。

あとは呼吸。御門のもの、俺のもの、光一のもの、全部が混ざり合っている。

――あ……っ！

頭のどこかは確実に冷めてるのに、体は単純に燃えていた。

突き上げられながら性器に触られると、俺はあっさりイッてしまう。

生温かい物が胸まで飛んできて、それと同時に御門の顔を見る余裕ができた。

『あ、んぅ、礼司さ、ん……い、いぃっ』

「光一……」

二人のセックスを傍観しながら、ああ……なんだかなぁと思う。

御門は物凄く色っぽい顔をして、俺の中の光一を見つめていた。

やめときゃよかった——そんな言葉が自然に湧いて、果てしなく落ちる。

いまさら後悔しても遅いし、ここでやめるほど野暮じゃないけど、失敗したのは明らかだ。

俺の中の光一が悦《よろこ》べば悦ぶほど、俺はひとり、蚊帳《かや》の外に追いだされる。

切なくて官能的な御門の表情に、胸の奥がじりじりした。

御門が俺の中でイッてから、光一は『ありがとう』と言い残して昇天した。

俺と交わったことで一時的に霊力が上がったらしい御門にも、その声は届き、光一の姿も、これまでより鮮明に見えたそうだ。何はともあれこれで一件落着だ。

「っ、う」

俺がここにいる必要性はもうなかったけど、だからといってすぐに帰るのは無理だった。

大柄な男に抱かれたのと、霊に憑かれたのと、複合的な理由で起き上がれなかったからだ。

シャワーを浴びるかと訊かれたので、「無理」とだけ答えたら、濡れたタオルで体を拭《ぬぐ》ってくれた。あと、体の中に出された物も指で抜かれて……吃驚《びっくり》したし凄く嫌だったけど抵抗する気力もなくて、恥ずかしがる神経すらクタクタになっていた。そのくせ、ゴム着けろよと思う程度の頭はある。

「勝手なことをして悪かったな」

シャワーを浴びて戻ってきた御門は、ベッドの端に腰かけた。

そういえばさっきも似たようなことを言われたのを思いだす。その時はまだ意識が混濁していたので答えられなかった。霊に憑かれるのは、霊力の強い人間でも結構ハードだ。

「酷いことをしたと思っている」

「いや……べつに、大したことじゃないし」

代理で抱かれたくらいで大袈裟にしたくなくて、できるだけさりげなく答えてみた。

さらに続けて、「満足して成仏したみたいなんで、もういいです」と、本当になんでもないことのように口にする。やった行為そのものよりも、それでダメージを受けたと思われるのが嫌だった。

「皇」

座ったまま俺の名前を呼ぶ御門は、ゆったりしたバスローブを着ている。

黒髪が濡れていて、落ちた滴がローブの襟に染み込むのが見えた。

首の所に小さな内出血の痕《あと》——光一がつけたものだ。つまり俺の唇が、そこに当たって肌を吸ったってことになる。

「約束した成功報酬の他に詫《わ》びと礼をしたいが、迂闊《うかつ》に金を積むと機嫌を損ねられそうだ」

「よくわかってるじゃないですか」

真顔で言われ、緊張しつつも苦笑を返す。

店で会った時は俺が金で動くタイプだと思ったんだろうが（何しろ俺はホストだし）、実はそうじゃないってことを学習したらしい。「希望を聞かせてくれ」と言ってくる。

「取り憑かれたせいで体がだるいんで、しばらく休んでいきたいです。空いてる部屋、貸してもらえます？　ゲストルームがあるとか言ってましたよね」

「それは当然のこととして、他に何かないのか？」

「じゃあもうひとつ。帰る時はタクシー呼んでください」

「俺の車で送っていく。君は本当にホストなのか？　金蔓《かねづる》を見つけたらもっと食いつけ」

「金蔓とか言われても」

「怒り狂って搾り取ってもいいんだぞ。それだけのことをしてしまった」

「いや、ほんとにいいです。大したことじゃないし。それに、俺はホストだけど一応霊能者というか霊媒師でもあるんで、過剰な欲は身を滅ぼすって知ってます。あ、べつに貴方が金持ちなのを批判してるわけじゃないですよ。身の丈に合うか合わないかって話です」

　俺はゲストルームに移ろうと思い、ベッドから身を起こした。だるさや痛みが残っていたが、それほど酷いわけじゃない。

　布団から出ると、いつの間にか着せてもらっていたバスローブが御門とお揃いだと気づいた。光一が着ていた物とも同じであることを思いだすと、また少し変な気分になる。なんとなくスッキリしない感じ、もやもやする感じ。着心地がいいはずなのに脱ぎ捨てたくなる。

「あ……っ、うわ！」

　床に足をつけようとした途端、体が浮いて吃驚した。

　いわゆるお姫様抱っこをされ、俺は反射的に手足をバタつかせる。そのせいでかえって強く抱かれてしまった。最悪だ――。

「あ、あの……ちょっと、これは……」

寝室の扉に向かって歩きだす御門の首に、唇が触れそうになる。ついさっき、本当に触れた部分が眼前にあった。赤いキスマーク。光一のだけど、俺のでもある。

「重く、ないんですか？」

「重いな」

「歩けないわけじゃないんで、下ろしてもらえません？」

「断る。一度抱き上げた以上はベッドまで運ぶのがルールだ」

「なんのルールですか……」

「俺流の、だ」

御門はそう言って笑うと、俺の体を抱えながら器用に扉を開けた。

幅広い廊下を抜けて、中央に生花の飾られたホールに出る。

ここを中心にパブリックスペースとプライベートスペースを切り分けているようで、御門が進む先にはルームナンバーの入ったゲストルームの扉が並んでいた。個人の家というよりは、ホテルみたいだ。

「こんなにたくさんあると思わなかった」

「ほとんどはボディガードの控室だ」

俺の呟きに答えた御門は奥の部屋の扉を開き、「ここはゲスト専用だ」と言った。

数時間寝るだけだから適当な部屋でいいのに、贅を凝らした空間に運び込まれる。

御門の寝室はシンプルモダンて感じだったけど、ゲストルームは俺が勤める店の内装に近い、華美な雰囲気だ。中世物の洋画に出てきそうな天蓋《てんがい》付きベッド、複雑な彫刻の施された家具。色は全体的に焦げ茶がメインで、ソファーもカーテンもベッドカバーも光沢のある素材だった。たぶん絹だ。オフホワイトで、花模様の刺繍《ししゅう》がしてある。

「早く入れ、閉めるぞ」

御門は部屋に入るなり後ろを向き、銀《しろがね》に声をかけた。今でも犬だと思っているらしい。

俺はやっとベッドの上に下ろされて、御門の手で羽毛布団をかけられた。

全裸にバスローブ一枚という恰好だし、この部屋は空調が効いていなくて寒い。

「部屋を暖めてから連れてくればよかったな」

しくじったと言わんばかりな顔をして、御門はエアコンのリモコンに手を伸ばす。

電子音がしたあと、どこかから風の音がした。ビルトインタイプらしく、本体は見えない。

御門は壁面のパネルを操作し、「床と壁のヒーターも入れた。すぐ暖まる」と言った。

そんな物があるのかと興味が湧いたが、「どうも」とだけ返す。

「さっき銀と呼んでいたようだが、あれは犬の名前か?」

「ああ、はい」

「銀の世話はどうすればいい？　必要な物があれば用意させるが」

「いや、大丈夫です。普通の犬とは違って何も食べないし、トイレも行かないし、俺が寝れば寝るだけだから」

御門の質問に答えながら、俺は銀のことをどう説明するか迷っていた。

このまま犬で通すことは難しくないが、なんとなく本当のことを何もかも話してしまいたい気分だった。

いや、なんとなくじゃない。たぶんこういう気持ちは以前からあった。

秘密を誰かに話して分かち合いたいとか、打ち明けて重荷を軽くしたいとか、子供の頃からずっと思っていて……ただ、そうする相手が見つからなかっただけだ。信用とかなんとかいう以前に、銀の姿が見える人間がいなかったから。

「一晩くらいは我慢できるという意味か？　訓練の行き届いた犬なんだな」

「犬じゃないんですよ、それ。本当は狼」

この男に全部話してしまおうか、いくらなんでもそれは時期尚早で危険か？　そんなことを考えて迷っているうちに、口がサクッと答えてしまった。

「……狼？」

滅多なことでは驚きそうにない御門が、目を見開く。

「そう、狼。俺や貴方にとっては実体として存在してても、世間的には幽霊みたいなものです。動物霊とも違う狗神で、その姿を見れるのも触れるのも犬神一族の人間だけ。それも限られた数人だけなんで、人目のある所で銀に話しかけたり触ったりしないよう気をつけてください。変な人だと思われますよ」

俺は口にしたあとになって、余計なことを言ったことに気づく。

これじゃまるで、今後も御門と会う機会があると決めつけてるみたいだ。

「その話を詳しく聞かせてくれ。俺が知っている架空の狗神と同じなら、銀は殺された犬……いや、殺された狼ということか？　飢えた状態で生き埋めにされ、首を斬《き》られる話なら知っている」

俺が考えていることとは無関係に、御門の意識は銀に向いていた。

狗神の作りかたをだいたい知っているようなので、俺は「そんな感じです」と答える。

「狗神は犬で作るのが普通で、頭だけを土の上に出す恰好で埋められるんです。目の前に肉を置かれて、でも食べられずに苦しんだ挙げ句、餓死する寸前に首を刎《は》ねられて燃やされます。それから骨壺《こつつぼ》に詰められて道の真ん中に埋められ……うちの一族の場合、最後は肥溜《こえだ》めにも。そうやって殺された犬が、飢えと屈辱のあまり狗神になり、術者を末代まで怨み抜くんです。実際に狗神になれるのは千頭分の一くらいで、他は動物霊になって終わるんですけどね」

俺の話を聞いた御門は、無表情に近い顔のまましばらく沈黙していた。

銀に目を向けたり、俺の顔を見つめたり、何を考えているのかよくわからない。

「銀の姿は一族の人間にしか見えないと言ったな。だから君は俺を追手だと思ったのか」

「そういうことです。俺が知ってる限り見える人間は少なくて、俺と、俺の曾祖父と従兄二人。一族の人間は大勢いるんですけど、見えるのは四人だけなんです」

「俺にも見えるということは、同じ血が流れているのかもしれないな」

そう言われて、なんだか不思議な感じがした。でもその通りだ。高知出身だという御門の曾祖母の血を辿《たど》れば、俺の先祖に繋がるのかもしれない。犬神本家の辛気臭いイメージとはかけ離れてるけど、たぶんそういうことだ。

「血のことはともかく、驚くとか怖がるとか、もっと普通の反応しないんですか?」

「幽霊と寝ていた男に、それは愚問だろう」

「そりゃ……そうですけど」

御門の言う「寝ていた」は添い寝的な意味だとわかっていたが、真っ先に頭に浮かんだのはさっきのセックスだった。

御門は元恋人の死霊と眠り、その霊が取り憑いた俺を抱いた。今も拍子抜けするほど平然と銀に近づいて、膝を折る。なんの躊躇《ちゅうちょ》もない手つきで毛皮に触れた。

「君がホストだからと金を積んでみたり、狼がいるわけがないから犬だと思い込んだり、俺は先入観に囚われてばかりだな。情けない話だ」

御門は自嘲《じちょう》気味に笑ってから、銀に向かって「こんなに美しい生き物は見たことがない」と声をかけた。

確かに銀は綺麗な獣で、サーロス・ウルフホンドやハスキーに近い顔つきと、銀狐《ぎんぎつね》のようなふさふさの毛皮、アイスブルーの瞳を持っている。

生きている時はこれほどじゃなく、殺されて神の一種になってから今の美しい姿に進化したらしい。俺は銀に触ったりしないが、触りたがる御門の気持ちはわからなくもなかった。

『私は生き物ではないが、お褒めに与り光栄だ。礼として私も褒め返すとしよう。数百年この世に留《とど》まって数多《あまた》の人間を見てきたが、お前ほど頭の柔らかい男は見たことがない』

絨毯《じゅうたん》の上に座っていた銀は、御門の前で初めて喋る。

御門はさすがに驚いた様子で、俺の顔を慌てて見た。声がどこからするのか確認したかったらしく、俺からじゃないとわかるなりもう一度銀を見る。

「人間の言葉が話せるのか、驚いたな……名乗るのが遅れたが、俺は御門礼司という名で年は三十五だ。この年になって頭が柔らかいと言われるのは光栄な話だ。いつまでもそういられるよう努めたい」

『お前は柔軟で物事をありのままに受け入れるが故に、彷徨う霊に頼られやすい。しかし何もできないのは知っての通りだ。強い守護霊が憑いているため実害を被ることはなさそうだが、霊を無視する術《すべ》も身に付けなければならない。現世の実力が、こちらの世界でも通用するとは思わないことだ』

御門と銀の会話をベッドの中で聞きながら、珍しいこともあるもんだな、と思った。

銀が俺や曾祖父以外の人間と話しているのを見たのは初めてだし、珍しいに決まってるけど、俺が知っている銀はこんなお節介なタイプじゃない。

「ご忠告感謝する。肝に銘じておこう」

御門の言葉に、銀は『素直でよろしい』と言って頷いた。

余程この男を気に入ったのだろう。長い舌を伸ばし、掌をぺろぺろと舐めている。

そんな姿を見ていると、不意に考えてしまった。俺が誰かに秘密を打ち明けたかったように、銀も誰かに触りたかったのかなとか、そんなことを——。

犬神家の血を少し引いていても、一族から干渉されず（そもそも一族の人間としてカウントされてない気がする）、狗神に対する複雑な感情を持たない御門の立場は、銀にとっても俺にとっても楽なのかもしれない。

「それで、犬神一族の目的はなんだ？　俺は何から君を守ればいい」

「俺を守る？」

「手を貸すと言っただろう？　そのためには敵を知る必要がある」

「ああ、成功報酬ってやつですか？　それはべつにいいです。なんていうか、曾祖父《ひいじい》さんが俺を捜しだして玄孫《やしゃご》を欲しがってるだけの話だし、気にしないでください」

俺は何をどこまで話していいのか迷いながら、話してしまいたい気持ちと巻き込みたくない気持ちの間で揺れた。

もっといい加減そうな男だったら、俺が愚痴のように話して、聞いてもらうだけで済むかもしれない。でもきっと、この男は聞いたら何かしようとするだろう。そして本当に行動する。

「狼の姿をした狗神を連れていて、追手だと思った俺から逃げるためにマンションの六階から飛び降りようとしていた。君が抱えている問題は、相当に深刻なものだと思っている」

「飛び降りようとしたわけじゃ……あの時は、雨どいとか柵とか伝って下りようかと」

御門は、あまり弁解になっていないことを言った俺のそばにやって来た。

寝室にいた時と同じように、天蓋ベッドの端に腰かける。

バスローブ一枚で寒くないのかと心配になったが、部屋の空気はだいぶ暖まったようだった。厚くて軽い羽毛布団の中は、もうすっかりぽかぽかになっている。

「俺の本名、犬神煌っていうんです。偽名の光一でも源氏名の皇でもなく、火偏の煌」

「きらめく、の煌か？」

「そう、それが本名。狗神の話とか一族の話とかしちゃったけど、俺個人に関して言えるのはそれだけです。感謝する気持ちがあるなら絶対に首を突っ込まないでください。銀や俺のこと、あと一族のことも誰にも言わず、勝手に調べたり余計なこともしない。今夜あったことを全部忘れる。成功報酬は——沈黙と、あと、忘却？　そんな感じでお願いします」

カッコつけ過ぎて滑ったうえにイタイな、と早速思った。

恥ずかしくなって後悔したが、言いたいことは言えたので訂正はしない。

返ってくるのは不満げな表情だ。そんな報酬は納得できないと言わんばかりな顔で、拗《す》ねているようにも見える。

「霊力で劣る俺が頼りないせいか？　追手が人間なら役に立てることもあるぞ」

「霊力は関係ないです。身内同士の問題というか、家出してそのままってだけで」

俺がさらに拒絶すると、御門は露骨にムスッとした。

落ち着いていて、あまり感情を露《あら》わにしない男だと思っていただけに驚かされる。

そんな顔をさせてしまった自分が、酷く意地悪な人間に思えた。

「じゃ、じゃあ……もし追われて困った時とか、本当にどうしようもない時のために、一応、連絡先とか教えてもらっていいですか？」

聞いたところで頼る気はなかったけど、こうでも言わないとダメだと思ったから折れてみた。

「もちろんだ」

御門はそう言うなり、すぐに態度を変える。

上手く丸め込まれた気がしないでもなかったが、でも、この人と繋がっていたい気持ちが、俺のほうにも少しはあった。ほんの少し、気のせいかもしれない程度に——。

《四》

あれから二週間が経ち、俺は今まで通りのようで何かが違う日々を過ごしていた。

変わったのは、鳴ってもいない携帯を見る回数が増えたこと。仕事中に店内がざわつくと、背の高い男の姿を思い浮かべて入り口を見てしまうこと。それともうひとつ、人には言えない夢を見るようになったこと。完全な夢想ではなく、あの夜を再現した夢だ。でも決定的に違う部分がある。御門は艶っぽく甘い声で俺の本名を呼んで、キスをしてきた。現実には傍観者に過ぎなかったはずの俺は、毎晩主役になっている。

——現実は冷たいもんだけどな。メールの一通も来やしない。

始業前、バックヤードで受信フォルダを確認する。二通あって、どちらも客からだった。

そう認識した途端、指が勝手に動いてアプリを閉じる。本文を読んで返事をするべきなのに、読む気がしなかった。

ロッカーの扉の内側にある鏡を見ながら、俺は妙な感覚に陥る。

今届いたメールが御門からのものだったら、すぐに読んだんじゃないだろうか。

そもそもメールが届いているかいないか気になるのは、たぶん心のどこかで期待して待っているせいだ。手術をしたのか、その結果どうだったのか、単に心配してるだけだけど——。

「皇、自分の顔に見惚《みと》れてる場合じゃないぜ。お出迎え」

一部営業ナンバー1のアキさんに呼ばれ、俺は「はい」とだけ答えた。

この店――『Bright Prince』には、一部二部それぞれにいくつかの派閥がある。

アキさんは俺が所属するアキ派のトップで、一部営業の中では最大派閥を率いていた。

俺はどこにも入りたくなくて新人時代は独りでやっていたものの、指名客が増えてくると、ヘルプなしには回せなくなった。結局オーナーから派閥に入れと指示され、誘われるままアキ派に入った。その頃には各派閥トップの人格が見えていたし、霊的にもクリーンなアキさんが一番いいと思ったからだ。

「――開店します」

マネージャーの一言で、空気がピリッと引き締まる。

開店時には、同伴なしのホストが客を出迎えることになっていた。

古代ローマ神殿みたいな列柱に挟まれた通路に、一位と二位が先頭になって二手に分かれ、ランキング順に交互に並ぶ。御門のおかげで先月のランキングが二位だった俺は、アキさんの目の前――左列の先頭だ。そんな俺の横には銀《しろがね》がいる。ナンバー0みたいな位置だった。

アロマと花の香りと、優雅な音楽が流れる空間にホストがずらり。

こうして迎えられる瞬間を楽しみにしている客は多く、開店と同時に多くの女性客が入ってくる。俺には有害無害を問わず様々な霊が見えるため、通路はぎゅうぎゅう。銀がそばにいるから寄ってはこないが、死霊の視線に晒《さら》されるのは気分のいいものではなかった。

「私達、皇を指名したいの。初回だけどいいかしら？」

今日はやけに人も霊も多いなと思っていると、一際華やかな集団が目に留まる。

俺を指名すると言ったのは、その中でも一番年上に見える和服姿の美女だ。

マネージャーは恭しく対応し、「もちろんでございます。ＶＩＰ席にご案内いたします」と言った。他の客や霊と交ざってすぐにはわからなかったが、洋装の美女が四人、和装の美女が一人の五人組――明らかに高級お水集団だ。

「御門グループ代表の紹介で来たの」

和装美女がそう言うなり、俺の体はぴくっと反応した。俺だけじゃなく、隣にいた銀もだ。

体の半分に客の足がめり込んでいる状態だったが、確かに反応して上を見ている。

俺は自分に、落ち着けと言い聞かせた。彼女達に対して、やけに驚く姿とか、過剰な何かを見せたくない。見せればきっと、御門に報告されると思った。

「初めまして皇です。ご指名ありがとうございます」

「私は薫子《かおるこ》よ。御門グループ系列のクラブでママをしてるの」

差しだした手を取って歩きだした彼女は、俺の顔をまじまじと見る。

「代表から聞いた通り本当に美人ね。うちの綺麗どころを連れてきたのに敵《かな》わないわ」

御門から聞いたんだ……と思うと気にはなったが、俺は興味のない振りをする。

無難な表情を保ち、「段差がありますので、お足下にご注意ください」とだけ言った。

フロアの中で一段高い位置にあるＶＩＰ席までマネージャーもついて来て、アキ派の中から空いているホストを四人も呼ぶ。おかげで俺は、薫子さんの相手だけをしていればいい状況になった。彼女と並んで上座のソファーに座る。

「あの……御門様は、お元気ですか？」

腰を落ち着けるなり開口一番、訊きたい言葉が口から零れてしまった。

あれから何度もメールを打ったのに、送信できなかった用件——たった一言、『手術は受けたんですか？』という、短いメール。結局送れなかったけど送りたかった。仕事に忙殺されて、延び延びになってやしないかと心配だったからだ。

「ええ、諸々無事に済んで元気らしいわよ。誰にも内緒だけど、明後日《あさって》退院の予定ですって」

薫子さんは赤い唇の横に手を添えて、そっと耳打ちしてくる。

そのあとすぐに、マネージャーに向かって「ゴールドのタワーをお願い」と言った。

ゴールドのタワーといえば、もちろんドンペリ・ゴールドのシャンパンタワーだ。

しかも、メニューを開くなりロマネやらリシャールやらフルーツの盛り合わせやら、まるで喫茶店でコーヒーとケーキを選ぶみたいな気軽さで次々と注文していった。

「あ、あの……これなんなんですか？　御門様の指示ですか？」

オーダーは通ってしまったが、俺は甚だ焦る。あの時、御門は俺が過剰な金を受け取るのを嫌っていると理解したはずなのに、今になってなんでこんなことをするのかわからなかった。

「そうじゃないわ。深く考えないでちょうだい。以前あの人が六本木で撃たれたのは知ってるでしょう？　買収絡みで暴力団同士の軋轢《あつれき》が生じていた時期だったのに、私の忠告を無視してボディガードを増員しなかったり部下を庇って撃たれたりして、そのうえ……」

薫子さんは普通に話していたが、再び口の横に手を添えて声を潜める。

「今回は公にしてないけれど、また入院したでしょう？　それでなんだか頭にきてしまって、逆恨みやら嫉妬やら常に危険な立場だってことを自覚してくださいってガミガミ言ったのよ。それで少しは反省したらしくて、心配をかけたお詫びにホストクラブで遊んでいいぞって言われたわけ。あ……このお店で貴方を指名しろって話じゃないのよ。『命の恩人の美人ホストがいる』とは言っていたから、暗にここで遊べと言わんばかりではあったけど」

「そう、ですか」

「ふふ、でもそのくらいは許してあげてちょうだいね。これは貴方へのお礼じゃないの、私が好きにしているだけのことよ。代表の目に適った男の子を見てみたかったしね」

薫子さんは滑らかに回る舌で語り、俺に有無を言わせない。

なんだかんだ言い訳されても結局、御門の財布から俺の懐に金が流れ込んでくるのは変わらないけど、でも今は、そんなにムカつかなかった。御門がちゃんと手術を受けて、明後日には無事に退院できるとわかったからだ。べつに相手が御門だから特別とかじゃなく、かかわった人のことを心配するのは当然だと思ってる。

メールの一通も送ってこないあの人が、俺のことを忘れたわけじゃないこともわかったし、それに関しても正直ほっとしていた。やっぱり、忘れられるのは気分のいいものじゃない。

実際には忘れるどころか俺に何か礼がしたいと思っていて、こうして無理やり理由をつけて回りくどいことをしているんだと思うと、くすぐったい気分になる。入院中のあの人は、俺を怒らせない方法をあれこれ考えたんだろうか？

「自分で来ればいいのに……」

つい、ぼそっと零してしまった。

退院後に薫子さんを連れてくれれば客として通せるし、御門なら男一人だって大丈夫だ。事前に連絡をくれれば、裏にあるＶＩＰ扉から秘密裏に通すことだってできるのに。

「そうね、その通りだと思うわ。でもね、貴方も男だからわかるでしょうけれど、男は恰好をつけたがるものなのよ。しばらくはお酒も煙草ものめないみたいだし、そういう姿、貴方には見せたくないんだと思うわ」

「どうして俺に、見せたくないんですか？」

「あらやだ、わかってるくせに訊かないで」

「――え？」

「貴方、見れば見るほど彼の好みのタイプだわ。若いし可愛いし、妬《や》けるわねぇ」

またしても耳元で囁《ささや》かれ、ぞくんとする。

薫子さんの息が耳に触れたせいじゃない。あの夜のことを思いだしたからだ。

元恋人の光一は俺よりは日本人的な顔立ちで優しそうな雰囲気だったけど、体格的には俺と同じくらいだったし、タイプとしては近いものがある。光一からも、御門の好みのタイプだと明言された。本人からも美人だと褒められた。

「メールが来なかったから、もう忘れてるかと思ってました」

「そんなわけないじゃない。貴方は命の恩人なんでしょう?」

「いいえ、違います。さっきも仰《おっしゃ》ってましたけど、違うんです。俺は少し手伝っただけで」

「私はそう聞いているわ。貴方のことを話す時、なんだかとても楽しそうでね。自責の念から解き放たれて、やっと立ち直ったように見えたの。元愛人としては妬けるけど、あの人はあの人らしいのが一番だわ。仕事も恋も精力的で、いつもメラメラ燃えてる感じね」

薫子さんは意味深な視線を送ってきて、煙草に手を伸ばす。

反射的にライターを手にした俺は、火を点けながら彼女の唇を凝視した。

過去に……たぶん光一が自殺した三年前まで、御門はこの唇に触れていたのかも知れない。

そう思うと、関係ないはずなのに俺のほうがメラメラした。イライラというよりはメラメラ。

胸の中で燃えている熱っぽい感情がある。負けたくないとか勝ちたいとか、普段は湧かない願望があった。目立つのは嫌いだし、誰かと競うのも比較されるのも嫌いだし、ただ穏やかに密《ひそ》かに、自分の人生を生きたいって、ずっと思ってきたのに。

――ずっと……？　いや、違う。ずっとってわけじゃない。

赤い唇から目を逸らした俺は、自分の考えに違和感を覚える。

穏やかだの密かだの、最初からそんなふうに思っていたわけじゃないことを、急に思いだした。犬神一族の人間にかかわる前の俺は、活発で自由奔放で明るくて、養父母に甘えながらワガママに生きていた気がする。だいたい、本当に根っから地味で暗い人間だったら、ホストの仕事を二年間も続けられるわけがない。

「皇くん？　ぼんやりしてどうしたの？」

「すみません、無事だってわかって気が抜けて……。お見舞いには行かれたんですか？」

「それがねぇ、行きたいけど止められてるのよ。例外はなしなんですって」

「え、そうなんですか？　あ、きっと薫子さんにも恰好つけたいんですね」

「まさか。お説教されるのが嫌なのよ。顔を見るとついね、色々言いたくなっちゃうの」

彼女に合わせて適当に笑いながら、俺は「例外はなし」という言葉に、メラッと湧いてくる感情を自覚した。

俺が見舞いに行きたがったら、彼女と同じく拒否られるんだろうか、と考えてしまう。当然そうだろうと思う反面、俺は違ったりするんじゃないかと期待している部分もある。心の底で、自分だけは例外になりたいという願望が、点滅信号みたいにチカチカ光っていた。

《五》

深夜零時過ぎ、俺はタクシーで御門が入院する病院に向かった。

薫子さん達が帰ったあと御門にメールを送り、零時半頃に見舞いに行きたいという、かなり非常識で一方的な都合を突きつけたのに、返信には『楽しみに待っている』と書かれていた。

もう遅いからいいとか、明後日には退院するんだから来なくていいとか、見舞いは断ってるとか、そんなことはどれだけスクロールしても書いていなくて、その代わりに病院名や住所が明記されていた。俺はすぐにホストご用達《ようたし》の花屋に電話をかけ、今こうして病院にいる。

「そのお花、代表にですか?」

零時半を少し過ぎた頃、病院の裏口で堤《つつみ》という秘書に会った。

物腰の柔らかい四十くらいの男で、上品な印象だ。なんとなく執事っぽい。

特別個室に続く専用エレベーターを動かした堤さんは、俺の手元の薔薇を見ていた。

花屋に予約しておいたのは、輸入品の青い薔薇。あるだけ全部で三十本だ。

「花の持ち込み、禁止とかだったりしますか?」

「いいえ、個室ですから大丈夫ですよ。青い薔薇なんて珍しいですね、代表も喜びます」

「よかった。これ、女性客への誕生日プレゼントに使ったことがあるんですけど、思ったほど喜ばれなかったんで」

「何故です？　こんなに綺麗なのに」

「珍しくて、ワァーとは思うみたいだけど、女の人は白やピンクのが好きなんですよね。あとチューリップとか芍薬《しゃくやく》とか、丸い感じの花のがウケがいいって花屋さんから聞きました」

「なるほど、代表は男性だから剣弁咲きの青い薔薇でもいいってわけですね？」

「好みに合うかどうかわからないけど、俺は青が好きなんで」

剣弁咲きってなんだろうと思いながらも推測で済ませると、エレベーターの扉が開く。

照明を落とし気味にした廊下は、俺がイメージしていた病院とは違っていた。

壁は焦げ茶色だし、病室のスライドドアは重厚なデザインで、把手《とって》は真鍮に見える。劇場の入り口っぽい雰囲気だ。フロアの真ん中には特別室専用のナースステーションがあって、それこそ医療ドラマに出てきそうな美人ナースが控えていた。

俺は堤さんに言われた通り、面会者名簿に名前を書く。もちろん本名ではなく、偽名として使っている『高木光二』と書いた。久しぶりに書いてみて、これまで感じたことのない抵抗を感じる。

「代表、皇様がお見えです」

様づけされて驚く間もなく、ドアを開かれる。

特別室とはいえ病室には違いなく、続き間とかそういったものはなかった。代わりに衝立《ついたて》が置いてある。一見豪華で洒落て見えるが、邪魔になったら除《よ》けられるタイヤつきの衝立だ。

「私はこちらで失礼させていただきます。どうぞごゆっくりお過ごしください」

背後でドアが閉まってから衝立の裏に回ると、室内のすべてが見えた。

三十畳くらいありそうな、とても病室とは思えない部屋の中心にベッドがある。電動式でも天然木を使っているようで、高級感があって重々しい印象だ。

「仕事帰りによく来てくれたな、君も銀《しろがね》も」

背凭《せもた》れを起こしたベッドにいた御門は、俺の顔を見てから銀に目を向ける。

御門に声をかけられた途端、銀はふわりと浮かんでベッドに乗った。抱き寄せられながら、気持ちよさそうに首を伸ばしたり彼の手を舐めたりする。

「遅くに突然、迷惑でしたか?」

「迷惑そうに見えるか?」

「いや、楽しそうだけど」

「俺の気分は見た目通りだ」

御門はそう言って笑うと、銀の毛皮に顔を埋《うず》める。

点滴が左手に繋がっていたが、顔色は悪くなかった。オフホワイトのパジャマの上に褐色のガウンを着ていて、ホテルで寛《くつろ》いでいるような恰好だ。整髪料をつけていないせいか、いつもより前髪が下りていて若く見えた。

「手術、無事に成功したんですよね? 体はもういいんですか?」

「ああ、おかげ様で無事に摘出できた。異物が血管内を移動するとどこかしらで激しい痛みを感じるそうだが、俺は痛覚が鈍いらしい」

「……に、鈍いとか、意外ですね」

「不感症ではないんだが」

フッと笑われた途端、あの夜の出来事を思いだしてしまう。全部忘れてくれと頼んだのは俺なのに、俺のほうが憶《おぼ》えている気がした。こういう冗談を言える御門は、もうとっくに忘れて吹っきれたのだろう。俺とのことも、光一とのことも――。

「これ、お見舞いの花。何もしなくていいようにアレンジにしてもらったんで、どうぞ」

「ありがとう。綺麗な色の薔薇だな」

俺はベッドの近くにある半円のテーブルの上に、青い薔薇を置いた。

花瓶がなくても平気なように、茎は白い木箱の中に仕込んだスポンジみたいなやつ……確かオアシスとかいう名前のやつに、生け花みたいに挿されている。

よくよく見てみれば、病室のどこにも花がなかった。この人なら山ほどもらえそうなのに、花もなければ果物や菓子折りもない。「例外はなし」って話は本当らしい。

「お見舞いとか花とか、断ってるんですか？」

「ああ、前回の入院時に大変なことになったからな。今回の入院は極秘だ」

「そうですか」

なんだか余計なことを色々考えてしまって、口が思うように回らなかった。

入院の事実を知らせた相手は限られていて、その中に元愛人の薫子さんがいる。そのわりに彼女の見舞いは断っているし、結果的に極秘情報は俺の耳にあっさり入ってきた。

もしかして、御門は薫子さんを使って俺を動かそうとしたのか？　そんなふうに考えるのは自惚《うぬぼ》れかと思うし、仮にそうならメール一通送れば済むわけで、そもそも御門が会いたいのは俺じゃなくて銀かもしれないけど——でも今、御門の視線が俺を捉えているのは確かだった。

薔薇のアレンジを包むフィルムを剝《は》がして片づけている俺の横顔を、じっと見ている。

右手は絶えず動いていて、銀を抱き寄せたり撫でたりしているのに、視線だけは銀でもなく薔薇でもなく、俺に向けている。

——なんだろう……勢いで来ちゃったけど、気まずい。

振り向くのが怖くなって、俺はフィルムをやたらと丁寧に折り畳んだり、花びらの形を整えたりして時間を稼ぐ。何をしにここに来たのか、心拍数が上がるに従ってわからなくなった。

心配だったのは事実だし、自分が御門にとって「例外」なのか違うのか、試したい気持ちになったのも本当だ。犬神一族にかかわる以前の……生来の自分というものについて考えているうちに行動していた。要するに衝動ってやつだ。

「君のほうはどうなんだ？　変わりはないか？」

声をかけられると、動かしにくかった首がやっと動く。

自然な振りをしてベッドに近づいた俺は、すぐ横にあった椅子《いす》に目を留めた。

同時に「座ってくれ」と言われたので、「はい」と言って腰かける。

目線の高さが御門より低くなると、なんとなく落ち着いた。

「変わったことは特に何も。あ、霊障関係でまた依頼を請けました」

「どんな依頼だ？」

「依頼者が住む高級賃貸マンションに老女の幽霊が出て……不動産会社に問い合わせても取り合ってくれなかったそうです。俺が老女の話を聞いて、前の前の住人が孤独死して二週間以上放置されていたことがわかりました。依頼主はそんなこと聞かされてないって怒っちゃって。霊を祓ったところで住めないし、家賃や入居費用が高額なこともあって、訴える気みたいです。それで、霊が出たことを証明してほしいって頼まれました」

「そんなことができるのか？」

「いえ、祓う前ならともかく祓ったあとに言われても無理なんで、丁重にお断りしました」

「祓う前なら可能なのか？」

「絶対とは言えませんけど、俺が気合を入れて写真を撮ると結構な確率で写りますよ。でも、撮ったところで合成とか言われるのがオチですけどね」

自然に苦笑が漏れて、御門も似たような表情をする。

心霊写真を撮れるって話から、「それなら光一の写真を撮ってほしかった」とか言われたらどうしようかと思ったが、そんなことを考えている様子はなかった。

ごく普通に話せたことにほっとしたのも束《つか》の間。話題が切れると不安になる。

沈黙が肌に痛くて、早く帰らなきゃいけない気がして焦った。

どのみちもう少ししたら、「そろそろ失礼します」と言って去らなければならない。深夜に見舞いに来るのも、長居するのも非常識な話だ。

「ここ、いい病室ですね。こういうのドラマの世界だけかと思ってた」

「泊まっていくか？」

無理やり話題を振った俺に、御門は耳を疑うようなことを言う。

口元は笑っているのに、目はなんとなく真剣だった。

「銀のこと、気に入ってるからですか？」

俺は椅子に座ったまま、自分の膝をぎゅっと握る。

そうしようと意識したわけじゃないが、靴の中では足の指にまで力が入っていた。

手足が動くと同時に、思考も勝手に動いてしまう。「気に入っているのは銀じゃなく、君のほうだ」と、微笑みながら言われる光景を真っ先に思い浮かべた俺は、相当おかしい。

「そうだな、とても気に入っている。俺もこんな狼が欲しい」

「――っ」

御門は俺の想像を裏切って、銀の体を抱き寄せながら笑った。

顔を舐める銀に、自分からもキスをする。もしも銀が俺のペットなら……別段奇妙でもない発言と行動だった。

「譲れるものなら、誰かに押しつけたいくらいです」

他意はないことくらいわかっている。御門は銀と俺の関係を誤解していて、良好なものだと思っているんだろう。狗神が末代まで祟《たた》るとはいえ、いつも一緒にいるわけだし、仲がいいと思われても仕方ないのはわかっていた。それなのに、俺は自分の中に生じた苛立《いらだ》ちを抑えきれない。どうしても不快感が声に出る。それを隠そうとする気持ちすらなく、むしろあえてこの感情を示したかった。

「もし誰かに譲れるとしても、貴方には譲りませんけどね」

「――煌？」

名前を呼ばれると、心臓が反応する。

源氏名の「皇」ではなく、本名の「煌」と呼ばれた気がした。同じ音だけど、そう感じる。御門と顔を見合わせながらも、表情だけは変えずにいられた。でも心音までは制御できず、息苦しいくらい鳴り続ける。

「銀に憑かれたら、貴方は今後一生、女の人を抱けなくなります。余程冷酷で自分のことしか考えないなら別ですけど」

「どういう意味だ？」

「前に話した通り、狗神を形成しているのは凄《すさ》まじい怨念《おんねん》なんです。自分を殺した術者に使役される立場でありながらも、取り憑いた相手の血を絶やそうとします。狗神に憑かれた人間と交わった異性は呪われて、一人残らず破滅するんです」

俺の言葉に、御門は目を見開いて唇を動かした。

声にはならなかったが、「破滅？」という形に動いた気がする。

「大きな不幸止まりの場合もあるけど、死亡する人がほとんどだそうです。俺が生まれる前、銀は父に憑いていたので、呪われたのは母でした。出産直前に発狂して窓から飛び降りて……俺は死んだ母親の腹から、仮死状態で取り上げられました」

これまで誰にも言わなかった話は、口にしてみればただの物語みたいだった。

俺自身も聞いた話でしかなく、当事者でありながらも親の絶望を知っているわけではない。ましてや無関係な他人の心に何が届くとも思えないけれど、それでも話したかった。御門に対して、俺や銀のことを勝手に調べるなとか余計なことをするなとか、全部忘れろとか言ったくせに、こうして色々聞かせている今の衝動が――自分のことを知ってほしい気持ちからくるものなのか、御門の呑気な発言に対する怒りからくるものなのか、判別なんてできない。でも、話せば話すほど心は凪《な》いでいくから、きっかけは怒りでも、本音は前者なのかもしれない。

「絶望した父は、俺を知人夫婦に託して自殺したそうです。本当の親だと思っていた養父母も、曾祖父と親権を争っている最中に不審な死にかたをしました」

「――それも呪いなのか？」

「いえ、たぶん人為的なものです。父方の一族……犬神一族は、銀の姿が見える追手を使ってけどね。名前を変えても変装しても、銀の姿を見られたら終わりなんです」


「いえ、たぶん人為的なものです。父方の一族……犬神一族は、銀の姿が見える追手を使って当時中学生だった俺を見つけだしました。追手っていうか、一回り年の離れた従兄達なんですけどね。名前を変えても変装しても、銀の姿を見られたら終わりなんです」

俺は双子の従兄の顔を思い浮かべながら、過去の出来事を御門に話す。

双子に見つかった途端、曾祖父が乗りだしてきたこと。養父母が事故で死んだのは曾祖父に命じられた誰かの仕業だと考えていること。横浜《よこはま》の片隅の街で生まれ育ったのに、突然高知の尾峰《おみね》の近くにある山里に連れていかれたこと。そして高校在学中から子供を作れと強要され、卒業後に家出して逃げていることまで話した。

「俺が抱いた女は必ず破滅するとわかっていて、そんなことできませんでしたから」

長い話をできるだけ短くして語ると、心はますます凪いでいく。

興奮することもなく、声が震えることもなかった。目の前に、俺の身の上話を真剣に聞いてくれる人がいることに、感動すら覚える。無理に憐《あわ》れんだ顔をせず、目をそらすこともなく、御門は真っ直ぐに俺を見ていた。

「無神経なことを言って悪かった。許してくれ」

謝られた瞬間、感情が大きく揺れる。

落ち着いていると直前まで思っていたのに、足場が崩れるみたいな感覚だった。

独り言でもなく、人形に話しているわけでもなく、心ある人間に話しているんだと実感することで、嬉しい気持ちと怖い気持ちが交錯する。秘密は口から零れだした途端に秘密ではなくなることくらい知っているのに、言ってしまった。この人のオーラの強さや包容力に甘えて、俺は自分の重荷を分散させようとしている。

「君は俺に、絶対に首を突っ込むなと言っていたが、その気持ちは変わらないのか？」

何かしてやるとか、したいとか、そういうニュアンスだった。

俺はベッドの上の御門と視線を合わせたまま、「変わらないです」と答える。

やせ我慢をしているわけではなく、本当に何もしてほしくなかった。一番してほしいことは、もうしてもらったから。十分過ぎるくらいこの時間をありがたく感じる。秘密が秘密ではなくなった怖さはあっても、やっぱり俺はこの人を信用していた。

「貴方が俺の立場だったら、女の人、抱かないですよね？」

「そうだな。だがそうなったとしても、俺には君のつらさはわからない」

「どうしてですか？」

「女が駄目なら、男を抱けば済むからだ」

あ……と思ったと同時に、俺は二週間前の夜のことをまた思いだす。

忘れた日なんてなかったけど、御門の目の前だとやけに生々しく感じた。立体感のある唇や、キスマークの消えた首を凝視してしまう。

衣類で覆われたボディラインも、性器の硬さも、肌の熱さも全部体に刻み込まれていた。

翌日の腰の痛みまで戻ってきて、椅子に沈めた尻のあたりがズキズキする。

「俺は、そういう性癖じゃないんで」

「そうだな」

「はい……でも、童貞だから恥ずかしいとか、そういうことができなくてつらいとか、そんなふうには思ってないです。流されて罪を犯すことのほうが、恥ずかしいと思うから」

あの夜のことを忘れようとすればするほど、脳裏に浮かんでくる姿があった。

俺の体の上で腰を揺らし、俺を突き上げて快楽の表情を浮かべた御門の姿が、何度も何度も再生される。熱だとか匂いだとか、音だとか……そういうものまで全部ついた、フルカラーの3D映像みたいだ。幻の熱は俺の体に移っていき、膝と膝の間隔が勝手に狭まった。自然と、顔が下を向いてしまう。

「養父母の話によると、父は母を本気で愛していたそうで……なのにどうして、不幸になるとわかっていて何故そういうことをしたのか、俺には理解できませんでした。子供を作ればその子が狗神憑きになることを知ってたわけだし、無責任だと思いました」

それだけじゃない。俺の父親は、俺を残して自殺した。到底理解できないし、したくもない。

二人の愛の結晶というより残骸《ざんがい》のような俺は、それでもどうにか生き抜いて、最後には銀と共に滅びる。それは必然でもあり、俺の選択でもある。だから自分を揺るがすような恋だとか愛だとか、そういうものに興味はないし、落ちたいとも思わなかった。

「君の両親は確かに無責任だと思うが、犬神煌という人間をこの世に生みだしてくれたことに、俺は感謝している」

「……っ」

「今この瞬間、ここに君がいるのといないのとではまったく違うからな。店に通ってくる客も同じだろう？　君がいるから幸福な時間を過ごせる」

「幸福な、時間？」

「そうだ。君がいるから愉しめる客がいて、君の能力で救われる人間もいる。たとえ不本意な誕生であったとしても、世界は君を歓迎しているんだ」

俯《うつむ》いていたはずなのに、いつの間にか顔を上げていた。

体が勝手に動いて立ち上がり、引き寄せられるように歩きだす。

銀を抱いている御門の横で足を止めると、毛皮を撫でていた指先が俺の手の甲に伸びる。

捕らえられたような、自ら捕まりにきたような、どちらともいえない接触だった。

「世界なんて大袈裟です。指名客だってほんの十数人だし、大したホストじゃない」

「ストイックに見えて意外と欲張りなんだな……大枚を叩《はた》いて会いにくる十数人の女性客と、君からのメールに舞い上がる男一人じゃ足りないか？」

「っ、あ」

御門は俺の手に触れたまま、管の生えた左手を伸ばしてくる。手首を強く摑むなり、自分の胸元に引き寄せた。

分厚く巻かれた包帯の向こうから、心音が伝わってくる。通常よりも少し速い気がした。

「九死に一生を得た心臓が、君のせいで壊れそうだ」

「御門、さん……」

「御門でいいぞ、礼司でもいいくらいだ」

「な、なんで？」

「敬語も使わなくていい。そのほうが楽だろう？」

「そりゃ……まあ、楽だけど」

頭の中では呼び捨てにしているのを見抜かれたみたいで、悪事を咎《とが》められた気分だった。

早速タメ口をきいてみるものの、むしろもっと緊張する。

「楽であればあるほど、本性が出やすくなる。俺は素のままの君を知りたいんだ。そうすれば、もっと近づける気がする」

「あ、っ」

手首をさらに引っ張られ、よろめく先には唇があった。

御門……と呼びかけたけど、声を出す前に封じ込められる。

偶然そこにあったんじゃない。引き寄せられ、そして迫られてキスをされた。

「っ、う」

二週間前と同じ唇なのに、別物みたいに感じる。

今夜は他の誰の身代わりでもない。紛れもなく自分がキスをされているのだと思うと、心がブワッと膨らんで揺れ動いた。男同士でキスをするのが普通じゃないと気づいたのは、何秒も経ってからだ。

「い、今の、何?」

唇が離れると、心臓が遅れて弾《はじ》ける。

キスをしている間は止まっていたのかもしれない。水から上がって急に息をする時みたいに、激しく動く胸が苦しい。

「俺の性癖を知りながら深夜に薔薇を持って見舞いに来て、その気がないなんて言うなよ」

「お、俺はべつに……」

「ちなみに、さっきのは単なる駆け引きだ」

「駆け引き、って?」

「銀のことも気に入っているが、本当に欲しいのは銀じゃない。期待外れなことを言って少し焦《じ》らしてみようと思ったら、地雷を踏んでしまったな」

御門は俺の手首を自分の口元に運び、脈のあたりに唇を寄せる。

チュッと、小気味よい音がした。

そうしながらも視線だけは上目遣いで送ってきて、「これからはストレートに言う」と宣言してくる。さらにもう一度脈に唇を押し当てられた途端、手首を流れる血が沸騰したみたいに反応した。指先は強張《こわば》り、手を引くことすらできない。

「しかし考えようによっては、これでよかったのかもしれない」

「っ、何が？」

「客の地雷を踏まないことは水商売の鉄則だが、踏み込んで初めて見えるものもある。そこで完全に切れるか、より深まるか、どちらに転ぶかはホストの腕次第だ。俺はホストじゃないが、君の中に踏み込むことに成功した気がする」

くすっと笑われ、俺は慌てて手を引いた。

いまさら、御門が口にした「期待外れなことを言って」という言葉の意味を理解する。

それじゃ俺が御門の好意を期待していたみたいだ。

そりゃ全然期待してなかったとは言えないし、この人に「例外」扱いされたり好意的な目で見られたりするのは正直嬉しいけど、でも「本当に欲しいのは……」なんて言われると困ってしまう。少なくとも俺は、そこまで大それたことは考えていなかった。銀より気に入られたいとか、優先されたいと思っただけだ……。

「話、聞いてくれてありがとう。たぶん俺は、銀の姿が見える誰かに話したかったんだと思う。両親を怨んだりとか、生まれてこなければよかったとか拗ねるほど子供じゃないけど、自分を

そこまで舌が回らない。

そういうのを一緒くたに叶《かな》えてもらって、感謝してます――と言いたかったのに、そこまで舌が回らない。

「だから、あ……ありがとう」

御門の手は両方とも俺の体から離れていたけど、視線は相変わらず絡みついている。むしろこれまで以上に絡んで、体ごと手繰り寄せられそうだった。

見つめられていることがなんとなく嬉しくて……そのくせ困惑しているのも嘘じゃなくて、終始そわそわする。爪先が進みそうになったり後退したり、気持ちも体も落ち着かなかった。

――なんだろうこの感じ。好きとか惹《ひ》かれるって、こういうものか？

帰らなきゃと思うのに、帰りたくないと思う。

もっとここにいたくて、もっと色々話したくて、でも理性はしっかり働いている。

「俺、そろそろ帰ります。入院中なのに遅くに来て長居して、自分の話ばっかりすみません。わりと本気で心配してたんで、元気そうでよかった」

「泊まっていかないのか？」

「と、泊まるわけないし。だいたい、理由がないし」

「理由ならある。俺の身を心配してくれたんだろう？　十分に回復しているかどうか、自分の体で確かめてみたらどうだ？」

「っ、な、何言ってんだよ、帰る！」

俺は回転し過ぎる勢いで踵を返し、とにかく急いで扉に向かう。

心臓が、肋骨《ろっこつ》を突き破って外に飛びだしそうだった。童貞だからって特に初心《うぶ》ってわけじゃないし、ホストをやってる以上、当然経験済みって顔をしながらどんな話題もサラッと流してこられたのに、御門の一言に顔が熱くなってしまう。

——体で確かめるって、なんだよそれ。俺と……俺とセックスしたいってことか？

そのまま足を止めずに大股で去ったけど、銀はなかなか追ってこなかった。

こんなことは珍しい。たぶん、余程御門のことを気に入っていて波長が合うんだと思う。

狗神がそうなら、狗神憑きの俺もそうなんだろうか？　どこかで血が繋がっているせいで、惹かれ合う何かがあるとか、そういう感じなんだろうか？

いや、そんなわけはないけど、いっそ何か理由が欲しくなる。

よくわからない感情とか、抑えきれない衝動とか、説明のつかないものは怖い。

まだ数回しか会っていない他人に、それも同性にぐいぐいと引き寄せられて、自分がどこへ行くのか見当がつかなかった。

《六》

マンションに帰宅すると、いつもより部屋が狭く見えた。病室は広いし無駄な物がほとんどなかったから、声も反響していた気がする。でも、落ち着くはずのここのほうが何故か侘《わび》しい。シャワーを浴びてもテレビを点《つ》けても、その感覚は拭《ぬぐ》いきれなかった。

すとんと、何かを落としてしまった感じがする。

「チャンネル変えるか？」

テレビの前に座っている銀《しろがね》に声をかけ、リモコンを前脚の近くに置いた。

そうしたところで銀に操作はできない。これは俺の、「好きな番組を見せてやるぞ」という意思表示だ。ついでに番組ガイドの今日のページを開き、床の上に置いてやった。

俺は仕事柄ニュースもバラエティも観《み》ておく必要があるので、新聞以外に情報誌を読んだり、録画した番組を倍速再生していつも観ている。

『くだらん番組しかやっていないようだ』

「そうか、じゃあこのままでいいな」

俺は銀との短い会話を終え、部屋の主照明を消した。

テレビの中には年配のタレントが並んでいて、オーバーアクションでボイスレコーダーの宣伝をしている。画面上部に注文用のフリーダイヤルが表示されていた。

『お前は御門《みかど》が好きなのか？』

突然訊《き》かれ、俺は全身で反応する。

俺よりもずっと長い時間御門に触れられていた銀毛が、蕩《とろ》けるように光った。現実の光線の影響を受けることはないが、それでもきらきら輝いている。

御門が好んで触れるこの毛皮の手触りがどんなにいいか、俺はよく知っていた。今は指一本触れないし、話しかけるのも稀《まれ》なくらいで、一言も会話しない日もあるけど。

「どうして、そんなこと訊くんだ？」

『お前が懸想している相手が同性なら、私の呪いは効かない』

「そんなことわかってるけど、懸想ってなんだよ。御門は男だぞ」

『女と交わる気がない以上、お前が番《つが》う相手は男しかいない。私には、お前が御門に惹《ひ》かれているように見える。御門にしても同じことだ。お前と再び交わりたいと思っている』

銀には心を覗《のぞ》く力なんてないはずなのに、もやもやした感情に名前をつけられた気がした。

胸の中にある曖昧《あいまい》なものは恋心だと、びしっと言い当てられたようで嫌だ。確かにメラメラ燃える情動があったし、突然会いにいって身の上話をして、キスをされて……それがちっとも嫌じゃないって事実はあるけど、まだ何もわからない話だ。そのうえ御門の気持ちまで勝手に決めつけ、代弁するのはやめてほしい。

——ああ、でも本人も言ってたんだ。

泊まっていかないかと二度も誘われ、意味深な言葉を投げかけられた。

あれが性的な意味合いだってことくらい、俺にもわかる。三年前に死んだ光一《こういち》に対してじゃなく、御門は俺に対して欲望を向けてきた。

「番うって、恋人とかそういう意味だろ？　そんなの考えたこともなかった。生涯絶対に女とやらないって決めた時点で、俺は一生独りのつもりだったから」

恋もセックスも女とするもの、男が愛するのは女だけ。至極当たり前にそう思ってきた。

もちろんゲイの存在は認識していたし、真剣に愛し合うゲイカップルがいることもわかっている。毎日働いている店から、ほんの数分歩いた所にそういう人間の集まる店があるし、特に偏見はないつもりだった。でも俺にとっては、地球の裏側の話みたいで——。

「！」

折り畳み式のちゃぶ台に置いていた携帯が、音もなく震えだす。

一瞬、御門からの着信かと思ったけど違った。絶妙なタイミングで二丁目の住人からだ。

ボーイズバーのナンバー1であり、女装して来店してくる俺の顧客でもある、ユウリだ。

『あ、皇《こう》？　僕だけど、今って暇ー？』

はいと言って出た途端、酔っぱらいの声が届く。

陽気な口調のわりに元気がない。かれこれ二年近い付き合いなので、すぐにわかった。

「もう寝るとこだけど、何？」

『さっきさぁ、同棲《どうせい》してた彼が出ていっちゃってね。なんかもう色々面倒くさくて、皇にね、話とか聞いてもらいたいなぁって思ったのぉ』

ユウリの声は妙に高く明るく、無意識に負の感情を振り払おうとしている印象だった。

店に来た時はいつも自分から積極的に話してきたけど、別れて凹《へこ》むような彼氏がいるという話は聞いたことがない。同棲というのも初耳だった。

「シャワー浴びちゃったんで髪乾かしてからになるけど、いいか？」

『え？』

「電話より会って話したほうがいいだろ？」

俺がそう言うと、ユウリはもう一度『え？』と言った。

一緒に暮らしていた恋人が出ていってしまったら、それはどんなにか淋《さび》しいだろうと思ったから、俺は会って話したほうがいいと判断したのに、ユウリには意外なことだったらしい。

これまでならどうしていたかわからないけど、今はなんとなくユウリの淋しさに同調できた。

ちょっと気になる相手と少しだけ一緒に過ごして、そして別れるだけでも結構淋しい。

すとんと何かを落としてしまった感覚に陥るのは、確実に御門のせいだ。

『わざわざ出てきてくれるの？　なんで？』

「元気なさそうだから」

これまで考えもしなかったことが、次々と頭に浮かんでくる。

男と女とは違って紙切れや子供によって法的に結ばれることはないものの、男同士の間にも、それぞれドラマみたいな出来事があるんだろうか？　そうだとしたらユウリと恋人の物語には まだ続きがあるのかもしれない。家を出ていったからといって最終回とは限らないし、一方で俺と御門の物語は、初回拡大放送が終わったくらいの感じか。もしくは一話完結のスペシャルドラマで、続きなんかないかもしれない。

「お茶でも酒でも付き合うよ。どこに行けばいい？」

『ありがと、でもいいよ。もう寝て。今ね、凄《すご》くすっごく嬉しくなったからもう平気。今夜は寒いし、湯上りの皇に風邪《かぜ》ひかせて自己嫌悪酷《ひど》くなるのやだもん』

「なんだ、タダ酒が飲めると思ったのにな」

『アハハ、店で飲み過ぎるくらい飲んでるくせに何言ってんだかー』

電話回線を通じて、ユウリの感情がプラスに変化したのを感じた。これからどうするのかはわからないけど、気の持ちようで好転することもあるんじゃないかと俺は思う。

礼を言われて電話を切った時には、テレビの中の通販商品が変わっていた。今度はダイヤのネックレスを勧めている。俺の目と耳は正常に機能していて、商品の説明やフリーダイヤルの番号を捉えているのに、それらは頭の奥まで届かなかった。

俺が考えていることはひとつだけ。男同士で恋をして一緒に暮らして、肉体的にも交わるという、そんなことばかりだった。御門と寝たわけだから、セックスについては実感がある。

しかしだからといって、御門に対する気持ちが特別なものかどうかはわからない。人間的に好きだとは思うけど、でもそれは友人になりたいという願望かもしれなかった。代理とはいえ寝てしまったから、恋愛感情と混同しているんじゃないだろうか？

――君がいるから幸福な時間を過ごせるって、そう言ってくれた。俺が生まれてきたことを、世界が歓迎してるとまで言ってくれて……それで、嬉しくて……自分からベッドに近づいて、キスされて、心臓が破れそうになって……。

画面の中でキラキラ光るダイヤモンドのネックレスのように、御門の言葉がキラキラ光る。話を聞いてもらえるだけで十分だったのに、予想以上の言葉をくれた。そのあとのキスは、隙をついて「された」とかじゃない。したかったから、されに行ったんだ。

俺は御門の言葉を繰り返しながら、あの唇を思いだす。

表面は意外と柔らかいのに、押し合うと硬くて男っぽい唇。今夜は舌を絡めなかったけど、絡めると熱いことを知っている。凄く気持ちよくて、脚の間がぞくぞくするようなキス。

あ……と思った時には体が反応したあとで、じっとしていられなくなった。

頭で考える前にベッドに潜り込んで、三枚重ねの布団を被《かぶ》る。テレビは点けっ放しのまま、視線をベッド脇のティッシュに向けた。誰かと寝るわけにはいかない俺の虚《むな》しい習性だけど、体だけはやけに熱っぽく盛り上がる。

「銀、今夜は風呂場で寝ろ」

俺がこう言ったあとに何をするのか、銀はわかっている。それでも何も言わずに従った。

精通を迎えた時からずっと知られているし、そういう用語自体も銀から教わったくらいで、恥ずかしいのとは少し違う感覚がある。でも……今夜はちょっと変だ。なんだかいつもは感じない羞恥心《しゅうちしん》があった。

「っ、ん……」

テレビから放たれる光が、薄暗い部屋を不規則に照らしている。

ハイテンションな声は、ダイヤモンドの鑑定書がどうのこうのと言っていた。

俺は頭と爪先《つまさき》以外のすべてを布団の中に隠し、部屋着のジャージをずり下ろす。

性器は驚くほどパンパンに張り詰めて、ボクサーパンツのウエストゴムが持ち上がっていた。

いつも通り緩めに擦《こす》るだけで、腰が震えてしまう。先走りはそんなに出ない体質だと思っていたのに、今夜は違った。ろくに触っていないうちから垂れてくるし、粘度も高い。

「——っ、は……ぁ」

目を閉じると、病室で見た御門の顔が浮かび上がった。

俺は女を抱けないから自慰に耽《ふけ》るけど、あの人はこんなことしないんだろうか？　きっと、綺麗《きれい》な女や男を囲っていて、その時の気分で選んで抱いて——ああ、でも今は違うのかもしれない。そんなことをしていたせいで光一に死なれてしまった御門は、それから今までどうしていたんだろう。遊び続けていたとは思えないけど、三年も禁欲していたとも思えない。

「ん、ぅっ」

俺は御門の体を思いだしながら、脈打つ分身を扱《しご》いた。ゆっくりなんてしてられない。

男の裸を想像して興奮するなんて初めてだった。ゲイだと疑うようなことはこれまで一度もなかったし、男の体なんてどちらかといえば汚い物の部類に入ると思ってたのに、あの綺麗な男が俺の価値観を引っ繰り返したんだろうか？

――違う、よな。綺麗な男なら店にもテレビの中にもいるけど、これまでは何も……。

布団を被っていてもグチュグチュと音がする。

あまりに汁気が多くて布団が汚れそうだった。終《しま》いには潜っていられなくなる。

半裸を空気に晒《さら》すと、熱を帯びた性器がひやりとした。

凄いことになっている体は、たぶん心よりも正直だ。信頼し合える友人になりたいだけなら、こんなふうにはならないだろう。

「は……っ、ぁ、あっ！」

妄想のあの人に貫かれた瞬間、俺はイッてしまった。

いくらなんでも早過ぎる。Tシャツが重たく濡れて、青臭い滴がべっとりと染み込んだ。

頭では状況を把握しているのに、ティッシュに手を伸ばせない。まだ余韻に浸っていたくて、いや、それどころかもう一度、夢想の中に飛び込みたくて――。

《七》

御門が退院して一週間が経ち、俺は四通目のメールを受け取った。

メアド交換をした時のテストメールみたいなものも入ってるから、まともなメールとしては三通目だ。これまで何度も開いて読んだメールには、退院報告と見舞いの礼と、溜《た》まっている仕事が片づいたら改めて連絡する旨が書かれていた。

『店が終わる頃に外で待っている』

終業後に読んだ最新メールに、体中の細胞がざわめく。

今の時刻は午前零時二十分で、御門を待たせているのかと思うと焦った。

——外でって書いてあるけど、車内だよな？　寒くないよな？

バックヤードのロッカー前で、支度を急げば急ぐほどミスをする。

ロッカーを開けたのにコートを出さずに扉を閉めて鍵をかけ、しかも鍵を床に落っことし、拾おうとしたら派閥トップのアキさんの腹に思いきり頭突きしてしまった。すぐに謝ったが、アキさんには「オエーッ」と言われ、周囲の人間には笑われる。

「どうしたんだそんなに慌てて」

「す、すみません」

「お前らしくもない。女でもできたか？」

アキさんはそう言いながら笑い、俺は何も答えられずにロッカーを開ける。

コートを引っ摑《つか》んで、今度こそ忘れ物がないよう注意した。

「おーい、なんか裏口にリムジン停《と》まってんだけど、誰関係?」

「!」

先に帰った先輩ホストが戻ってきて、身支度をしていた全員が反応する。「車種は?」「全長どのくらいでした?」と、食いついている車好きもいれば、「今夜そんな太客いたか?」「日本じゃ運転しにくそうですね」と、冷静な奴もいる。

「皇、お前じゃないのか? この前ほら、御門グループの代表に指名されてただろ?」

「おー、そういやそんなことあったよな。あれって何? 引き抜き? なんで皇?」

「いや、そんなんじゃないです。すみません、今日はここで失礼します」

居た堪《たま》れなくなった俺は、アキさんと別派閥の先輩ホストに向かって挨拶《あいさつ》した。

この店では、アフターがないメンバーは駐車場まで派閥トップと一緒に帰る決まりがある。御門が来たなら今夜は無理だけど、それを説明している余裕はなかった。

アキさんも他のホストもうるさく訊いてはこないので、俺はフェイクファーコートに片腕を通しながらバックヤードをあとにする。

『先に御門の所に行っている』

「は?」

薄暗い廊下に出ると、銀《しろがね》が裏口に向かって走りだした。

銀狐《ぎんぎつね》のようなふさふさの尾を振りながら、オートロック式の金属扉を通り抜ける。

御門は俺に用があるのに、お前が先に顔を出すなよ！　と言いたくなるほどムカついたが、止めようがないスピードだった。お気に入りの御門に会いたくて仕方ないんだろう。

——俺は走らないからな！

銀に釣られて走りだしそうになった俺は、前髪を少し直してから扉を開けた。

病み上がりの人間を待たせちゃいけないけど、御門が来たのは突然なんだし、妙に喜んだり駆け寄ったりしちゃダメだ。自然に、ごく普通な感じにしないとみっともない。

「うわ、寒っ」

扉の向こうは、まるで冷凍庫のようだった。

冷たい外気が襲ってきて、露出した顔の皮膚がぴんと張り詰める。

裏口から少し離れた所に黒塗りのリムジンが停まっていた。御門は車外に出ていて、ボディガードや秘書の堤《つつみ》さんに囲まれながら銀に触れている。温度なんてないのに、暖を取るような仕草だった。こっちはこっちで、銀のことが可愛《かわい》くて仕方ないらしい。

「それ、人前ではやめたほうがいいって前に言っただろ？」

俺は御門の近くに寄るなり、部下達に聞こえないくらいの声で言った。

敬語で喋《しゃべ》るべきかタメ口にするか迷いつつも、御門に望まれた通りタメ口にする。

そうしたほうが気楽に喋れて、俺の地が出やすくなるようなことを御門は言ってたけど……実際にはそうじゃない。今のところ敬語で喋るより無理があった。かなりぎこちなくなる。

「そうだったな、パントマイムに見えそうだ」

「車も貴方《あなた》も目立つんだし、気をつけないと」

「俺はべつに構わない。君の目には普通に見えるんだろう？」

「お前でいいよ。君とか、なんかくすぐったい」

コートも着ずに銀の体を撫《な》でていた御門は、おもむろに立ち上がる。

真っ直《す》ぐ立つと本当に背が高い。車から降りたばかりらしく、息が白かった。

斜め後ろでは、ボディガードが毛皮のロングコートを広げている。着せたいのに着せられず、一歩踏み込んだり退《ひ》いたりと焦《じ》れていた。

「風邪引くよ、病み上がりなんだし。部下の人が困ってる」

「背中を少し切って異物を取りだしただけだ。病人てわけじゃない。そんなことより見舞いの礼に食事に誘いたいんだが、客として出向く時間がなかった。アフターだけではお断りか？」

「普通はお断りじゃない？　これでも一応ホストだし」

御門の口調がどことなく皮肉っぽいので、俺もそんな調子で返す。

緊張していても、顔はちゃんと笑えていた。まだぎこちないけど。

「お前は俺を普通ではないと言ったことがあったな。特別な対応を期待してもいいか？」

「いいけど、それなら俺の行きつけの店がいい。貴方に任せると気疲れする店に連れていかれそうだし、それじゃほんとに仕事の延長みたいだ」

「俺はどこでも構わない。車に乗ってくれ」

「ここから歩いてすぐだよ、とりあえずコート着て」

俺の言葉に、御門は微妙な顔をする。いったいどこに行くのか考えている様子で首を捻《ひね》り、それからすぐに開き直ったようだった。どこでもいいって顔を見ると、悪戯《いたずら》な気分になる。

ボディガードの手でコートを着せられた御門は、俺と銀と一緒に歩き始めた。

リムジンはそのまま動かなかったが、何歩か後ろを男が三人ついて来る。秘書の堤さんと、屈強なボディガードが二人だ。

向かう先はゴールデン街《がい》——華やかな歌舞伎町《かぶきちょう》とは目と鼻の先にあり、それでいて雰囲気はまったく違う街だ。俺は平成生まれだけど、昭和の香り漂う街で、独り静かに夕食を取るのを好んでいる。

「ゴールデン街の中の店か？　騒々しい飲み屋街だと聞いているが」

「心配ないって、俺もそういうの苦手だし」

夜の帝王なんて言われていても、この街には手を出してないんだと思うと、ほっとした。

新しくて綺麗な物ばかりじゃつまらないし、ここはこのままがいいと、来る度に思うからだ。

「ホスト仲間と初めて行った店は、店主とか他の客と喋ったりするのが普通のとこだったんだ。

出身地を訊かれたりホストになった動機を訊かれたり、しかも説教くさくてうんざりだった。ほんとのこと言えないから余計に」

俺は看板が並ぶ細い路地を歩きながら、御門の横顔を見上げる。

閉鎖された店舗も目立つ、うらぶれた雰囲気の街は似合わないと思ったのに、ちゃんと様になっていた。どんな所に居てもカッコイイ男はやっぱりカッコイイし、物怖《ものお》じすることもない。

「最初に合わない店に行ったもんで、この街は俺には無理って思ったんだけど、霊の口コミで静かな食堂を知ったんだ。それからはよく通ってる。週の半分くらいかな」

「例の口コミ？」

「あ、えーっと、こっちの霊のほう」

俺は自分の言葉が御門に通じていないのを察して、両手を手招きの形にした。

もちろん小声で話したが、御門は大きく反応する。目を見開き、プッと吹くように笑った。

「凄いな、未だかつて霊の口コミなんて聞いたことがない」

御門が笑った——これが初めてってわけじゃないけど、澄ました微笑とはだいぶ違っていて、俺の意識はしばらく停止してしまう。なんの話をしていたのか、思いだすのに数秒かかった。

「……興味湧いた？　もうだいぶ前になるんだけど、老舗《しにせ》料亭の厨房《ちゅうぼう》に取り憑《つ》いてる霊がいて、そこの女将《おかみ》さんから依頼を請けたんだ。問題の地縛霊が尊敬してた元料理長が、この店の親父《おやじ》さんてわけ」

俺は御門の耳に入れても問題ない程度に話を纏《まと》め、行きつけの店の前で足を止める。

電柱と電線と突きだした看板だらけの道の先にあるのは、午後十時開店の小さな食堂だ。磨《す》りガラスの引き戸を開けて店に入ると、「いらっしゃい」と、落ち着いた低い声が返ってくる。愛想がいいとはいえないが、優しい感じで好きだった。

俺には店主のオーラが見えるので、それによる安心感もある。

俺が見えるオーラはそもそも守護霊の集合体だし、それが綺麗じゃない人間は嫌いだとか、そういうことではない。表情や口調とオーラの質が著しく違う人間が苦手なだけだった。生来良質な守護霊を持っていても、行いや心根が悪ければ憑き物もどんどん変わっていく。

「親父さん、奥の席いい？　自分で運ぶから」

俺は六十代くらいの店主にそう言って、「いいよ」と言われてから店の奥に進んだ。

御門のような目立つ男と、さらに三人の男が入ってきたのに、店主は余計なことを言わない。

「いつもはカウンターなんだけど、今日はここで」

俺が座るよう促すと、御門は一番奥のテーブルに着き、他の三人は入り口付近に座った。

他にはサラリーマンが四人と老人が二人、風俗系の若い女性が三人、カウンター席で連れと話したり食事をしたりしている。俺達が店に入った瞬間は注目してきたものの、すぐに視線をそらして元通りになった。他人に干渉するのが当たり前の街の中で、ここは不干渉のオアシスみたいだ。とはいえ女性達は御門をチラチラ見てるけど、それはまあ、無理もないと思う。

「メニューはないのか？」

「特にないんだ。黙ってると日替わり定食が出てくるんだけど、何かリクエストする？」

「いや、お前がいつもしているようにしてくれ」

「じゃあこのままで」

調理場から響く包丁の音や、ガスコンロに火を点ける音、そして聞き取れない程度の会話が小さな店を占めている。俺は御門の正面に座りながらも、顔を真っ直ぐ見れずにいた。

妙に胸が弾んでいて、ネクタイに目線を合わせているだけでドキドキする。女性達が御門を見て、声を潜めつつもテンションを上げている気持ちがわかり過ぎるうえに、若干の優越感を覚えていた。自分の恋人でもなければ、まだ友人ですらないはずなのに、「俺の連れ、めちゃくちゃカッコイイだろ？」と自慢したくなってしまう。

「こういう店、来ないだろ？　もっと困ったりするかと思った」

「お前に任せればいいだけのことだろう。常連客と一緒で何が困るんだ？」

「俺はきっと、貴方の行きつけの店に連れていかれたらテーブルマナーとか色々気になって、パニック起こしそうだ」

「見舞いの礼に食事に誘っておいて、困らせたりすると思うのか？　もっと俺を信用しろ」

「っ、ごめん……信用してないとか、そういうつもりじゃなかった。あ、でもここもちゃんと美味《うま》いんだぜ。なにしろ料理人の霊に男惚《おとこぼ》れされてたくらいの人だし」

俺は声を潜めて言いながら、自分が口にした「男惚れ」という言葉に息づまる。

御門は特に反応することはなかったが、話の続きがあると思って待っている顔をした。

いくら相手が口の堅そうな男でも、仕事的に霊媒をやっている以上、個人情報をあれこれと話すわけにはいかない。そのくせ俺の脳裏には、料亭の厨房の霊の姿が浮かび上がっていた。

ゲイとかそういうわけじゃなかったけど、仕込み中に心筋梗塞《しんきんこうそく》で病死した弟子は、師匠から任された仕込みを終わらせられなかったことを悔やみ、料亭の厨房に縛りつけられていた。

地縛霊になっても仕込みを続けながら、師匠に迷惑をかけたことを謝りたくて、会いたくて、狂おしいばかりの執念で霊障を起こし……そして師匠は、弟子の体調に気づけなかったことを酷く悔やんで、一線を退いていた。

俺が弟子の霊から頼まれたことは、たったひとつ。「師匠の大切なお客様がいらっしゃる日だったのに、仕込みを最後までやり遂げることができず、そのうえ神聖な厨房を穢《けが》して申し訳ありませんでした」と料理長に伝えることだけだった。

俺は「たったそれだけのことで？　病気だったんだし、仕方ないだろ」とか、当然思った。霊に対しては言わなかったけど、正直なかなか理解できなかった。それでも彼には重大で、成仏できないほどの心残りだったらしい。

俺は約束を交わして霊を祓《はら》い、女将にこの店の場所を聞いた。親父さんが俺の話を信じたかどうかはわからないけど、「ありがとう」と言って、美味い定食を食わせてくれた。

——男が男に惚れるとか才能に惚れるとか、そういうのはわかるんだよな。

俺は料理中の店主をちらりと見てから、御門の顔を改めて見る。

あれから何度も御門に抱かれる夢を見たし、独りでしようとすると必ず御門の姿が浮かんできた。それでも自分がゲイだという自覚はなく、他の男の体には萎《な》えるばかりだ。

——男惚れなら相手のオーラが青く見えるとか、恋愛だったら赤く見えるとか、もっと目に見えてハッキリわかればいいのに。

欲情するとか、ドキドキするとか、それだけじゃまだ足りない。自分の心を疑ってしまう。

人間の本質を視認してきた俺の目は、明確な違いを求めていた。

「薔薇《ばら》の礼が遅くなって悪かったな」

「退院してから忙しかったんだろ？」

「ああ、仕事が溜まっていたからな。体を壊しては元も子もないんで、こう見えても健康には気を遣ってるんだ。煙草《たばこ》は一日十本まで。体を鍛え、睡眠時間を十分取れるよう、無茶なスケジュールは組まない主義だ。だが今回は例外だな。二度も入院するとは思わなかった」

「そうなったのは運が悪かったけど、でもやっぱり強運の持ち主なんだと思う。そういえば、自分のオーラって見える？」

俺が御門の肩に目を留めると、彼は自分でも肩を見て、背中のほうにまで視線を向けた。

「何も見えない。お前の背中と同じだ」

「俺には銀がいるせいで何も憑いてないけど、貴方には憑いてるよ。凄く強くていい守護霊がたくさん憑いていて、キラキラしたオーラになってる。周囲の人まで守れるくらい包容力があって、寛大なイメージ」

「あまり褒めると調子に乗るぞ」

「守護霊を褒めてるだけだって」

同時に笑っていると、カウンターの中から「お待ちどお様」と声をかけられる。

従業員がいないので、俺はトレイを運ぶために席を立とうとした。

その前に秘書の堤さんが立ち上がり、「お運びします」と言ってきたけど、それでも立って途中で受け取る。

トレイはパン屋の入り口に置いてあるみたいなプラスティック製で、食器は普通の和食器、あとは割り箸《ばし》。俺にトレイを渡す時、堤さんが何か言いたそうな変な顔をしていたけど、俺は構わず御門の許《もと》に運んだ。

「今日は中華だ。苦手な物ない？」

「大丈夫だ。美味そうだな」

「美味いと思うよ」

トレイの上には、ふわっとした蟹玉《かにたま》と油淋鶏《ユーリンチー》が少々、青菜とキノコの中華スープに、ご飯と烏龍茶《ウーロン》。見た目は中華でも、たぶん日本的な味つけで脂っこくもないと思う。

普段は割れてない箸なんて使わなさそうな御門は、文句ひとつ言わずに箸を割って、食事に手をつけた。堤さん達がハラハラしながら見守っていたが、本人は涼しい顔だ。

俺も箸を割り、湯気の立つ中華スープに手を伸ばす。

食事中はほとんど喋らず、御門は時々、「美味いな」とか、「深夜に丁度いい味だ」とか言いながら、マイペースに食べていた。

やっぱりどこにいても様になるというか絵になるというか、所作が綺麗で目を奪われる。

ぶれない人だなぁと思うと、酔いが回ったみたいに心地好《よ》くなった。

銀が言っていた通り、本当に柔らかい頭の持ち主なんだと思う。自分の人生を愉《たの》しんでいる感じがして、俺には眩《まぶ》し過ぎた。

「煌《こう》、俺はお前に合わせる気があるが、お前もたまには俺に合わせる気があるのか？」

「どういう意味？」

食後に温かい烏龍茶を飲みながら、目と目を見合わせる。

駆け引きめいた匂いがして、否応《いやおう》なく胸が高鳴った。

食事を終えたら次はどうするか、その先の行為のために動きだすのは男も女も同じだ。

女性客とアフターで食事をすることがたまにあるけど、いつも上手《うま》く躱《かわ》してきた。女を抱いたら不幸になると知っていて、雰囲気に流されるようなことは許されないから。

——この人になら、流されてもいいんだ……。

俺はそんなことを考えながら、正しい考えに行き着く。

流されてもいいとかじゃなくて、自分がそうしたいんだと気づいた。この人に意識されたい、好かれたい、構われたい。駆け引きとか焦らしとか、そういうのはなしでストレートに言うと宣言した御門の言葉を、俺は期待して待っている。

「お前と付き合いたい」

「──っ」

「俺の物になれとも、経済的援助をするとも言わない。ただ、お前と付き合いたい」

向けられた言葉に、心臓がひっくり返りそうになる。下手すると口から飛びだしそうだ。

「それは、何人かの一人として？」

「まさか、学習能力のない馬鹿じゃあるまいし──後悔を無駄にするような真似はしない」

御門は即答するなり、「お前だけだ」と言ってくる。

色気も飾り気もない俺のフィールドで、こんなに堂々と告白されるとは思わなかった。

どうしていいかわからなくなると、手が勝手に煙草を求める。灰皿を引き寄せて火を点けた。

そういうことを言われそうな気配というのは、今夜会う前から感じていた。

見舞いから一週間も経っていて、考える時間がたっぷりあったくせにこの体たらく……俺は何も言えず、ただ黙々と煙草を吸う。表情を抑えて明後日《あさって》のほうを向いて、御門の真っ直ぐな告白に相応《ふさわ》しくない態度を取った。

何か言えと命じてみても、口が動かない。煙草を吸うためだけにしか開かない唇は、無理に喋ると震えだしそうだった。すでに指先は震えている。

「酒も煙草もようやく解禁になったところだ。うちで飲まないか？」

「っ、あ、うん」

やっと喋ることができたけど、俺は自分の往生際の悪さにげんなりした。

まだ曖昧で疑いたくなる部分は確かにある。それでも九割方間違いなく、俺は御門のことをそういう意味で好きだと思う。願望だってあるはずなのに、飛び込めない。

「ごめん、ちょっと驚いて……」

「驚くようなことか？　病室で宣言しただろう？」

「そうだけどっ、俺はゲイじゃないし、そんなに簡単には」

ハッキリしないくせに、不安は募る。

御門が俺のどこを好きなのかわからないけど、こういう態度で落胆させるんじゃないかとか、やっぱりそんなに好きなタイプじゃなかったと思い直すんじゃないかとか、酷く心配になる。

「ゲイになれなんて言ってない。俺の恋人になってくれと言っているだけだ」

「いや、それは……言いかた変えてるだけで、あんまり変わらないっていうか」

「まったく違うぞ。ゲイじゃない人間に唯一の男として選ばれるほうが、ゲイに選ばれるより名誉だからな。お前が俺以外にはノーマルなら、それはより素晴らしいことだ」

しどろもどろな俺を余所《よそ》に、御門はなんだか楽しそうだった。

怒った様子も呆《あき》れた様子もなく、ぐだぐだな俺に微笑を向けてくれる。

手持無沙汰《ぶさた》だったのか、椅子《いす》の横にいた銀の首をさりげなく撫でた。そのうえ、「銀、俺は煌の恋人に立候補しているんだが、お前は俺を受け入れてくれるか？」と声をかける。

『お前が煌と交わっても子はできない。故に呪う理由がない』

「そうか、それはありがたいな」

御門は銀と会話しながら、迫ってきた銀に顔を舐《な》められる。

交際を申し込まれているのは俺なのに、銀ばかり触れ合っていた。相手は元狼《おおかみ》だとわかっていても、俺には面白くない。

『御門、お前は何も案ずる必要はない。それに煌は、毎夜お前を想《おも》って自慰に耽っている』

「自慰？」

「！」

御門が銀の言葉を鸚鵡《おうむ》返しにした次の瞬間、俺の頭に稲妻の衝撃が走る。

何を言われたのか理解するなり、脊髄《せきずい》反射の勢いで立ち上がっていた。

真後ろに倒れた椅子が物凄い音を立て、店内は静まり返る。

「はぁっ⁉　な、何⁉　何言って……っ！」

「煌っ、落ち着け」

あり得ない、信じられない、許せない！　なんで、なんでこんな、あんまりだ、酷過ぎる！

俺は大声を出したまま硬直し、血の気がサァーっと引いていく音を聞いた。

大袈裟《おおげさ》じゃなく本当に、そういう音が聞こえてきた。

「さ、最低だな！　消えちまえっ、この馬鹿っ‼」

「っ、煌！」

もう、何を言ってるんだか何をやってるんだかわからない。

気づいた時には店を飛びだしていた。

突きだした看板にぶつかりそうな狭い路地を駆け抜け、ああクソ寒いなと思う。

コートを店に忘れてきた。財布と煙草と鍵はどうしたっけ。ああもう最悪だ、最低だ！

デリカシーの欠片《かけら》もない馬鹿狼！　あのデカい口を縫いつけてやりたい！

「――煌！」

夢中で走っているうちにゴールデン街のゲートに辿《たど》り着く。

背後から御門の声がした。銀も一緒なのがわかる。だけど俺は止まらなかった。

もういっそ消えてしまいたい。銀なんか御門にくれてやる！

「おいっ、止まれ！　俺はまだ本気で走れない！」

派手なネオンの灯《とも》る裏通りから、御門の声が再び届く。

退院して間もない人間からの、その一言はきつい。無視して走れなくなる。

御門もそれを承知のうえで言ってるんだろう。俺の心を読んで、効果的な言葉を投げたんだ。自動的に止まった足は、がくがくと震えていた。急に走ったせいでも寒さのせいでもなく、羞恥によるものだとわかる。これまで生きてきた中でワースト3に入る恥ずかしさだ。いや、間違いなくワースト1だ。もう本当に、今すぐ消えたい。

「風邪を引くぞ」

ゴールデン街の入り口付近。新宿寄りの遊歩道の前に立っていた俺は、御門の手でコートをかけられる。背中からすっぽりと包まれて、大きな手で両肩を押さえ込まれた。

足下に銀がいるのがわかったが、見たくなくて目を閉じる。瞼《まぶた》が急激に熱くなった。息が詰まり、呼吸ができなくなる。

——いいよって、言えばよかった。

交際を申し込んできた御門に、さっさと返事をすればよかったんだ。

そうすれば夜にこっそりしていたことを暴露されることもなかったし、こんなに恥ずかしい思いをすることも、非常識で感情的な行動を取ることもなかった。銀の奴は最悪だけど、俺も馬鹿だ。ぐずぐずしてるから悪いんだ。

「何も泣くことはないだろう」

「っ、う」

羽織ったコートの上から肩を抱かれ、言われて初めて泣いているのを自覚する。

銀に暴露されたことの次くらいに、信じられないことだった。こんな路上で、誰に見られるかわからないのに泣くなんて、俺の行動としてあり得ない。これまでは何があっても歯を食い縛ってこらえてきたのに。

「あの場で、お前以外に銀の声が聞こえたのは俺だけなんだぞ、そんなに恥ずかしがる必要はない。俺にとっては嬉しい話だ」

「っ、う、嬉しい？」

瞼を開けると、涙がボタボタ零《こぼ》れ落ちる。

寒くて鼻水が出そうで焦ると、ハンカチを渡された。

下手に息を吸うとみっともない声が漏れそうで息苦しい。しゃっくりが出そうだ。

「嬉しいに決まってるだろう？　光一が取り憑いたあの夜の状態と、本当のお前は違うからな。見舞いに来る程度の好意があっても、生理的に受けつけない可能性はある」

「御門……」

「お前と同じように、俺もお前を思って独りでした」

肩を一層強く抱き寄せられて、「本当だ」と耳元に囁《ささや》かれる。

嘘《うそ》だ、絶対嘘だ。たぶん嘘だ。でも今は凄く、その言葉がありがたい。

「俺の部下が、お前が俺を馬鹿呼ばわりしたと思って目くじら立てているぞ。睨《にら》まれないよう大人しく車に乗るんだな」

うん、と言ったつもりだったけど言葉にならず、俺は御門に促されるまま歩きだす。

ハンカチを握ってもう一度涙を拭うと、視界がクリアになって色々見えた。

当然のように足下にいる銀と、不機嫌そうな秘書の堤さんとボディガードが二人。

病院で会った時は感じのいい人だった堤さんは、背負うオーラからして拒絶を漂わせている。

それも当然だろう。よりによって御門を慕っている人の前で「馬鹿」なんて言ってしまった。

そのうえ「消えちまえ」とも言った気がする。

「すみません、誤解です」

俺は御門と一緒に彼らのほうに歩いていって、堤さんに謝った。

何がどう誤解なんだと不満げな顔をしていたけれど、御門が「誤解なんだ」と口添えすると、眉間に皺《しわ》を寄せつつも「承知しました」と答える。部下というより信奉者という感じだった。

リムジンに乗っても羞恥による激昂《げきこう》から抜けだせず、俺はハンカチやらティッシュやら色々使った。しゃっくりが出て止まらず、時々本気で胸が苦しい。堤さんは後部座席にいるので、多少離れて座ったところで丸見えの丸聞こえだ。

——どうしちゃったんだろ、俺……。

銀が暴露した内容は御門にしか聞こえてないのに、自分でも驚くほどショックを受けている。

しかもバラされたことは事実だし、弁解しようがなかった。もちろん嘘は言えるけど、そうすることが無意味だってことも、御門に対して不誠実だってこともわかっているから何も言えない。ゲイじゃないとか言いながら御門のことを想って、それも裸の胸とか筋肉とか、唇とか性器とかまで思いだして、この一週間どんどん過激になる妄想を独りで繰り広げてきた。

「ほら忘れ物だ。何もかも置いて飛びだすなんて、油断が過ぎるぞ」

「ごめん、つい」

後部座席の奥に座っている御門は、俺に向かって財布や鍵を差しだしてくる。

それらを受け取ってポケットに順番に入れると、やっとしゃっくりが止まったようだった。下手するとまた再発しそうで、迂闊《うかつ》に喋れない。前寄りの席からスッと、堤さんがミネラルウォーターのペットボトルを渡してくれた。どうやら一応許してくれたらしい。

「すみません、いただきます」

ごくごくと水を飲むと、気持ちも体も落ち着いていく。

いつの間にか体温が上昇していたらしく、水が通り抜けた部分……体の中心が、縦に冷たく潤うのを感じた。

「血相を変えて出ていくから店主が心配していたようだ」

「前に、その手の伝言を届けたことがあったから、気にしてくれてるのかも」

「近いうちに顔を出してやるんだな。また一緒に行こう」

さらりとそう言った御門を前に、俺の感情は大きく揺れる。

一見怖くて威圧感があって、厳選した物しか寄せつけないタイプに見えるのに、本当は凄く優しい。誰に対してもそうじゃないことくらいわかってるけど、少なくとも俺には優しくて、俺は、御門に特別扱いしてもらえる立場を嬉しいと感じている。

誰かの特別になりたいとか、優越感に浸りたいとか、そういう気持ちはなかったはずだった。ただ静かに、無難で穏やかな日々を過ごしたいと思っていたのが嘘のように、御門といると贅沢《ぜいたく》になってしまう。会いたいとか触れたいとか、好きになってほしいとか……もっともっと色々と、強い願望が体の中から湧いてくる。

「そ、それより、走ったりして大丈夫か？　背中の傷、痛くなってない？」

「今のところ平気だが、今夜は激しい運動を控えないとな……実に残念だ」

「——っ」

御門は意味深な笑みを浮かべると、胸元からシガレットケースを取りだした。

見たことのない銘柄の長めの煙草が、銀色のケースに収められている。

俺は心臓がバクバク鳴るのを自覚しながら、返してもらったばかりのライターで火を点けた。

左手を添えつつ、御門の煙草に近づける。ホストの俺にとっては日常的な行動のはずなのに、御門の伏せた睫《まつ》毛《げ》を見ているだけで頭に血が上った。

「ありがとう」

低く響く美声で礼を言われる。

そして目を真っ直ぐに見つめられた。

――っ、なんか、もう、ダメだ……。

恋に落ちる瞬間というのは、気づかない時もあれば何度も繰り返すこともあるんだろうか？

俺は今初めてこの人を好きになったわけじゃないのに、今この瞬間、恋に落ちたと感じた。

自分で思っていたよりも、ずっと好きになっている。

誰にも渡したくない。このポジションを絶対に譲りたくない。御門を独占して、自分だけが特別になりたいんだと思った。

《八》

御門グループ本社ビルの最上階——自宅というよりホテルの1フロアのような部屋で、俺は寝室に案内された。いきなりそんなことになったのには理由がある。

御門が、「模様替えをしたから見てくれ」と言ったからだ。

「うわ、青だ……」

光一の霊がいなくなった寝室は、別の部屋かと思うくらい様変わりしていた。

あの重厚なベッドも、新しい物に変わっている。位置まで違っていた。

以前は黒やレザーが中心の部屋だったけど、今は白が基調になっていて、差し色として青が使われていた。モダンな印象は変わらないものの、バブルの匂いが消えてだいぶナチュラルになった気がする。艶《つや》のある素材の物はスエードとかベルベットに変わり、白や青でも寒々しい感じはしなかった。紺に近い、落ち着いた青が効いている。

実際には高い物ばかりなんだろうけど、華美じゃなくて俺の好きな雰囲気だ。肌触りのよさそうな物で溢《あふ》れている。

「あ……っ、あれ」

寝室の中央で部屋を見渡していた俺は、壁に飾られていたガラスフレームに目を留めた。

中には青い薔薇が敷き詰められている。さりげないようで、結構目立っていた。

「先日もらった薔薇だ。堤がシリカゲルを使ってドライフラワーにしてくれた」

「シリカゲルって、乾燥剤の？」

「ああ、母君がフラワーアレンジメントの講師をしているとかで、詳しいんだ。自然乾燥だと収縮が激しいし、濃い色の花は黒に近い色に変わってしまうらしい。シリカゲルを使うと形も色も綺麗に仕上がるそうだ」

「そうなんだ？　ほんとだ、シワシワになってなくて綺麗だな」

ガラスフレームの中には、青い薔薇が所狭しと並んでいる。何輪あるのかわからないけど、俺が持っていった三十本全部なのかもしれない。生花の時に比べたら濃い色になっていたが、それでもちゃんと青だとわかる。この部屋にある色んな青と、調和が取れている感じだった。

「青が好きだと堤から聞いた。気に入ったか？」

その問いに、俺は自分の好みを意識した。確かに青が好きだし、堤さんにそう言ってあった。ベッドを新しくしたのも青い色を効果的に使ったのも、俺のためなんだろうか？

おそらくそうなんだろうけど、それを前提に受け答えをするのは図々しい気がした。というより舞い上がるのが怖くて、どう答えるべきかわからなくなる。

「いい、部屋だと思う」

「それはよかった」

無難な言葉を口にした途端、腰と顎に触れられた。

薔薇を見ていた俺は御門の動きに気づくのが遅れて、至近距離に迫った顔に怯《ひる》む。キスをされるのがわかったけど、逃げることも目を閉じることもできなかった。

「っ、ん……」

まだ付き合うとは言ってないのにキスをされる。

さっさとイエスと答えなかったことを後悔したはずの俺は、結局言えないままここに来て、抵抗ひとつせずに御門の唇を受け止めていた。

光一のように積極的に舌を動かすことなんてできないし、御門の背中に手を回すこともできない。それでも自分なりに頑張って、求められるまま唇を開いた。忍んでくる舌を迎える。

経験がない分、せめて邪魔にならないよう大人しくしていた。上下の歯列の間を空け、舌を歯の裏側に強く押しつけておく。頭の中は真っ白で、軽い眩暈《めまい》を覚えてふらふらした。御門のスーツの袖《そで》を摑むことで、どうにか真っ直ぐ立ち続ける。

「ふ……う、ん」

口内に溢れる唾液《だえき》が、口角から零れそうだった。

みっともないのが嫌で焦る反面、光一と御門のキスを思いだしたりもする。

光一はどうなろうと気にせず求めていた気がした。そうするのが普通なのかもしれない。

舌を歯の裏に押しつけるんじゃなく、御門の舌に上手く絡ませなきゃとか思うのに、自信のなさが先に立つ。目を閉じるのがやっとで、果敢に挑戦することもできない。

「く、ぅっ」

キスをしながら抱き上げられ、あっという間にベッドに押し倒された。

細身のスーツの上着を脱がされ、元々緩めのネクタイを解《ほど》かれる。

それでもずっと唇は重なったままだった。御門が顔を斜めに向けることで、隙間もないほど深く結びつく。頭の奥に靄《もや》がかかったみたいに、ぼうっとした。上手くやらなきゃとか唾液がどうとか、いちいち考えていられなくなる。

──銀《しろがね》を、部屋から追いださないと……。

シャツのボタンが外されていく中、俺は閉じていた瞼を上げた。

銀の姿を視界の隅に捉えると同時に、自分の思考の流れを認識する。

大柄な男に迫られているこの状況にありながら、俺は少しも、御門を止めようとかそういうことは考えていない。それどころか、頭も体も協力的に動いていた。

「はっ、ぁ」

スラックスに包まれた股間が触れ合い、御門のも自分のも張り詰めているのがわかる。

わざと押しつけられているのは、これからする行為を俺に自覚させるためなのか、それとも体の変化を知らせることが愛情表現のひとつなのか、俺にはよくわからなかった。

「煌……」

唇が離れるとすぐに、名前を呼ばれた。

俺は息をするだけでいっぱいいっぱいだったけど、御門には余裕がある。

艶めいた目で見つめられると呼吸も儘《まま》ならなくなり、俺はロボットみたいに硬い動きで首を横に向けた。布越しに触れ合う性器がはち切れそうで、じんじん熱い。血が集まるのは股間だけじゃなく、顔も同じだった。じんじんというよりはカッと熱くて、むず痒《がゆ》いくらいだ。赤くなっているのがわかるから、背中の下の布団に潜り込みたくなる。

「御門……」

服を脱がされながら呟《つぶや》いた俺は、御門ではなく銀の顔を見た。

銀は俺から離れられないが、一定時間隣の部屋に行くくらいは可能だ。たった一言命じれば済む。でも俺が今そう命じたら、御門とセックスをする気があるということになってしまい、正直かなり恥ずかしい。

「俺のこと、好きなのか？　俺の、どこが？」

女みたいな質問だなと思ったけど、訊いてみた。

何人かの一人にする気はないって言ってたし、信用してないわけじゃないけど……やっぱり俺は明確な言葉が欲しい。たとえ重たい奴だと思われてもいい。生涯誰とも肌を合わせないと誓って生きてきた俺にとって、セックスはそんなに軽いものじゃないから。

——身代わりで抱かれた時みたいに、なんでもない振りなんかしない。本当は、凄く重たいことだってわかってもらってないと……俺は嫌だ。

どうにか御門のほうを向くと、覆い被さったまま両手で顔を包まれる。大きな手で頰《ほお》を撫でられ、唇に軽いキスをされた。啄《ついば》むような感触で、チュッと何度か音が立つ。御門は俺の顔を見るばかりで、なかなか口を開かなかった。

「お前が好きだ。だがどこが好きか説明するのは難しい。全部なんて正直に答えたら、稚拙なことしか言えない男だと呆れられそうだからな」

「っ、全部?」

「容姿だけで心は動かないし、性格だけでは欲情しない。俺は光一を死なせてからの三年間、いや……それよりずっと前から、誰かに本能的に強く惹きつけられるようなことはなかった。可愛がるのも抱くのも好きで、愉しむために相手を選んでいただけだ」

「俺は、違うのか?」

「まったく違うな。条件を並べ立てて比較検討して、頭で考えて選んだわけじゃない。選択の余地はなく、気づいた時には決まっていたんだ」

御門の言葉が理解できているのかいないのか、俺には自信がなかった。

クォーターだから毛色が違って肌も白くて、綺麗だのなんだの言われてきたけど、俺なんか完全に見かけ倒しだ。英語も苦手だし、日本の一般家庭で普通に育った日本人で、霊が見えること以外にこれといって才覚があるわけでもない。犬神《いぬがみ》一族が現れてからはどんどん陰気になっていったし、諦《あきら》め気味で逃げ腰になった。わりとダメな部類の人間だと思う。

「俺は、貴方に相応しくないし、スケールが全然違うし、知れば知るほどつまんない人間で、きっとすぐ飽きる」

「お前の年で自分の価値をわかりきっていたら、可愛げも何もない」

御門は俺の言葉をまともに取り合う気がないらしく、軽く笑ってキスをしてくる。

そうしながら、「お前に夢中なのがわかるか?」と囁いてきた。

「わからない……そんなのわかるわけないだろ? 俺は、霊力が強くて狗神《いぬがみ》が憑いてるだけのホストで、ほんとに大した人間じゃ……っ」

「卑屈はいただけないが、謙虚は美徳だ。お前は俺の目に、徳が高く上等な人間に見える」

余計なことが言えないよう唇に指を当てられ、ぐっと息が詰まる。

御門の態度は確かに熱っぽいけど、だからこそ冷めるのも早い気がした。

騙《だま》す気がないのはわかる。少なくとも今は本気かもしれない。でもきっと長くは続かない。

いつか終わるなら踏み込まないほうがいいんじゃないかと思う気持ちと、一時的でも御門を独占したい気持ちがぶつかり合った。ぶつかってぶつかって、そして勝負は呆気《あっけ》なくつく。

「は、ぅっ」

「――ッ」

ほとんど裸で身を起こし、俺は御門のうなじに触れた。

自分から本気でキスをする。勝ち残ったのは欲望のほうだった。

上手くやろうと頑張るのはやめて、思うままに舌を味わってみる。唾液ごと舌を絡めてみたかったし、唇を唇で潰《つぶ》して弾力を感じたかった。他にも、抱きついてみたり肌の匂いを嗅《か》いでみたり、御門の体に色んなことをしてみたい。

「んっ、う……」

あれもしたいこれもしたいという気持ちばかりが先行し、実際にできたのはキスだけだった。顔が離れないよう押さえながら、舌を御門の口内に入れてみる。舌と舌がぬるっと絡んでは離れ、整った歯列の内側を滑った。御門の唾液なのか自分の唾液なのかわからなくなるくらい、口の中がトロトロになる。

「く、う、ふ」

「――ッ、ン」

御門の唇に触れることで、俺は自分の唇の柔らかさを知った。

俺が御門の唇の弾力を気持ちいいと思うみたいに、御門は俺の唇の柔らかさを好んでくれるだろうか？　今こうして同じことをしながら、彼が気持ちいいと思っているのかどうか、凄く知りたい。もしも俺に度胸や経験があったら、御門の股間に自ら手を伸ばして、反応を見たりできるんだろうか？

「体が強張《こわば》っているな。もっと楽にしろ」

唇が離れると、最後の一枚を剝《は》ぎ取られる。

間接照明に照らされた室内で、脚を撫でられながら広げられた。

明るいとも暗いともいえないけど、丸見えなのは間違いない。恥ずかしいと思う反面、前に一度もっと明るい中で隅々まで見られていることを思えば、なんとか耐えられた。

「楽になんて、できない。病院で話しただろ？　俺、こういう経験が……」

「お前が男も女も知らない体でよかった。どちらからしても美味《おい》し過ぎる体なのにな」

「知らなかったのは、この前までの話で……今はもう知ってる」

「俺だけ、だろう？」

「っ、もちろん」

俺が即答すると、御門は甚《いた》く満足げな顔をした。

俺の性器に直接手を触れて扱きながら、首筋を吸ってくる。

「っ、ん」

「この状況で『もちろん』なんて答えると、調子に乗るぞ」

「特に、深い意味は……俺はただ、ほんとのことをっ」

御門に色んなことをしたいと思ったところで、結局は何もできなかった。

御門の唇が胸に迫る直前、「銀、外に出てろ」と命じるのが精々だ。

完全に二人きりになると歯止めが利かなくなった体に火が点いて、本格的に火照り始めた。

「ん……ぁ、あっ」

胸を舐められるのが、こんなに気持ちいいなんて知らなかった。

自分で弄《いじ》るのは慣れている性器も、人に触られると凄く感じる。先端から先走りが漏れて、御門の体を挟み込んだ脚が強張った。

「誰の手癖もつけたくないな、真っ新《さら》で可愛い」

「っ、ぅ」

可愛いとか言うなよって思ったけど、正直そんなに悪い気分じゃない。

一回り以上も年が離れてるから、むきになって否定しなくてもいいやって気持ちになれるし、この際なんでもいいから自分に価値を見出《みいだ》したかった。

「あ、ぁ……っ」

クチュクチュと性器を扱きながら乳首を吸われ、唇で挟まれる。

男の小さな乳首でも刺激を受けると感じて、きっちり勃《た》つことを知った。

尖《とが》らせた舌先で転がされるのがたまらない。腰はぞくぞく、膝《ひざ》はぶるぶると震えた。

「んっ、ぅ」

御門の唇で、左の乳首をチュゥッと吸われる。

少し痛いくらいの刺激を受けると、後ろの孔《あな》まで反応した。

勝手に蠢《うごめ》くみたいに締まって、ベッドカバーに埋まった足腰がうねりだす。吐息はどんどん甘くなるし、呼吸なんだか嬌声《きょうせい》なんだかわからない声が漏れた。

「はっ、ぁ……あ、っ！」

乳首を吸ったり舐めたりしていた御門が、徐々に脚のほうへと下がっていく。

俺の性器は腹につくほど勃起していて、御門の唇が今にも届きそうだった。

ある程度の知識はあるから何をされるのかはわかってるし、普通のことなのも知っている。

それでもやっぱり、そこをしゃぶられるのは抵抗があった。緊張で体が硬くなって、ベッドカバーに爪を立ててしまう。

「あ、ぅ！」

先端をぺろりと舐められ、電流が走ったみたいだった。

一舐めでイッてもおかしくないくらい感じる。手で触られるだけでも凄いのに、濡れた熱い舌で舐められるのはヤバ過ぎた。御門の口や顔に向かって射精しそうで、こらえようとすると爪先が攣《つ》りかける。

「ん、ふぅ……や、め……俺、もうっ」

「——ッ、ン」

「あ、っ……も、離れ……イ、イク……ッ！」

離れてくれと言ってるのに、より深くしゃぶられた。

脚が攣る寸前まで力を籠《こ》めても、我慢できない。猛烈な開放感が全身を駆け抜けて、背中が浮くほどの勢いでイッてしまう。

御門の口の中に、それも喉奥を突くように思いきり射精した。

悪いことをしたと考える余裕もないくらい、ふわっと意識が飛んでいく。

——気持ちよくて、どうにかなりそうだ……。

これまで枕から浮いていた後頭部が、くったりと埋まり込む。

ぼんやりしているうちに御門は顔を上げ、虚《うつ》ろな俺に見えるように喉を鳴らした。

釣られてごくりとやると、自分の喉に青臭い体液が流れる錯覚を覚える。

御門が満足そうな顔をしていたから、失敗したと思わずに済んだ。

「はっ、う……ぁ！」

御門はローションを手に取って、肌に触れると温かいそれを尻の間に垂らしてくる。流れてベッドカバーに染みるくらいたっぷり塗られた。それから窄《すぼ》まった部分に指を添えられる。

「っ、ん」

俺はまだ半分正気じゃなく、絶頂の浮遊感を味わっていた。

体の中に指を挿入されても、どこか現実味がない。夜な夜な夢で見た行為みたいだった。

御門は俺の性器を舐めながら、孔の中に指を二本も挿入してくる。

イッたばかりの性器は空気の動きですら感じるのに、カリの部分を唇で挟まれて、管の中にある物を吸い上げられた。吸うだけ吸われると、管の粘膜が張りついてぴりぴりする。

「ふあ、あ……や、ぁ」

俺も御門の体に触ってみたいのに、されるばかりだった。

無意識に手が伸びてどうにか触れたのは髪だけで、コシのある黒髪が指先に心地いい。

今はこの程度しかできなくても、恋人として長く一緒にいたら、俺もあちこち触れるようになるんだろうかとか、そんなことを考えているうちに黒髪が視界の中に入ってきた。

「煌、俯《うつぶ》せになれ。初めてで正面からはきつい」

「初めてじゃ、ないけど」

「初めてだ」

身を伸ばした御門は、俺の孔を指で拡張しながら体勢を変えさせようとする。

最初からバックでされることに抵抗を感じる一方、初めてという認識を持たれていることが嬉しかった。どうにかベッドカバーに手をついて、よろよろしつつも体を返す。

完全に俯せになると腰を持ち上げられ、両手で尻肉を摑まれた。

「やだ、っ……み、見ないでくれ」

「見せないのは勿体《もったい》ないくらい綺麗だぞ。恥ずかしがらなくても大丈夫だ」

「っ、そんなわけ、ないしっ」

「白とピンクで、実に可愛い」

「——あっ、ぁ！」

一瞬、何をされたのかわからなかった。

生温かい物が狭間《はざま》に触れて、小さく窄んだ所をつつかれる。

ぶらさがっている物から孔まで、何度も行き来するように舐められた。人には普通見せない場所を暴かれて、舐められて、羞恥のあまり気が遠くなる。光一に乗っ取られた時みたいに、誰かのせいにしてしまえるなら楽だった。でも今は全然違う――。こんな恥ずかしいことを、俺自身が受け入れている。意のままにされてはいるけど、自分の意思も確かにあった。

「や……あっ、ぁ！」

尻肉をさらに強く掴まれ、ふやかされた孔に硬い物を当てられる。

舌よりも指よりも熱っぽくて、触れた途端に心臓が呼応した。ドクンッと鳴って熱くなる。

一度は達した性器も応じてしまった。御門が奮い立っていることへの興奮と、今よりもっと気持ちよくなれることへの期待が、血液に乗って体中を駆け巡る。

「挿《い》れるぞ、息を止めずに深呼吸しろ」

「んっ、ぅ」

覚悟を決めて息を殺していたことに気づかされ、言われた通りにする。枕に顎や顔の半分を埋めたまま、胸が膨らむほど息を吸って吐いて、もう一度吸って、ゆっくりと吐いた。

「うぁ……はっ、あぁ！」

俺の呼吸に合わせて、御門が入ってくる。

マットについていた両膝が、前に滑ってしまうくらいの衝撃だった。

慎重なのも丁寧なのもわかったけど、その部分はやっぱり痛いし腰が重い。

反り返っていた背骨のラインが、極端に曲がるのを感じた。御門の手でコントロールされ、俺は尻ばかりを思いきり突きだした恰好《かっこう》で貫かれる。

「あぁ、痛《つ》ぅ！」

四つん這《ば》いになろうとしても無理で、沈む上半身は鎖骨まで枕に埋まった。

過敏になっていた乳首がシーツに擽《くすぐ》られ、その度に喘《あえ》ぎ声が漏れる。

いつしか零れていた唾液が枕に染みて、時々ひやりと頬が冷たい。息が熱くなっているのが自分でもわかった。でも、俺の中に入っている御門のそれはもっと熱い。最初よりも、さらに重量を増したように感じられる。

——凄い……メキメキ、デカくなってる。俺の中、だから？

息を詰めていた御門が、そっと呼吸するのがわかった。

たぶんまだ全部を挿入してはいない状態で、引いては浅く突いてくる。

「奥を突くぞ」

もっと奥を突いて欲しい——そう思うや否や告げられた。

まるで心を読まれているみたいで、枕の下に頭を突っ込みたくなる。立派なモノで孔を抉《こ》じ開けられるのは痛いけど、御門が動くと意識が飛びそうなくらい気持ちよかった。通過地点に快楽のスイッチがあって、御門は確実にそこを狙って突いてくる。

「は……ん、あっ、あ、ぁ！」

ずんと奥まで突かれ、またしても腰が軋《きし》む。

背骨に負担がかかるくらい重い体は、研ぎ澄まされた筋肉の塊みたいだった。

長身で見るからに重いけど、それ以上の重量感がある。俺の中で膨らみきった性器も同じだ。

「う、あぁ……あ、あぁ――っ！」

ミシミシ鳴って壊れそうな体に、性急な波がやって来る。

御門の動きから配慮や余裕が薄れていって、御門自身が快楽を求めているのがわかった。

手術の痕《あと》は大丈夫なのかと心配になるくらい、呼吸も動きも激しくなっていく。

「ふあ……あ、ぁ……い、いいっ！」

頭で考えるまでもなく、口が勝手に「いい」と繰り返す。

自分で動くだけじゃ飽き足りなくなったのか、御門は俺の腰を浮かして揺らした。勢いよく前後するブランコみたいに、好きに動かしながら奥の奥を突いてくる。

「あ、ぁ！　あ――っ！」

人間と人間の体が、こんなに深く繋がるなんて知らなかった。霊に貸す形で一度は味わったはずなのに、あの時には感じられなかった実感がある。

「もっ、イッ、ク……！」

小刻みに何度もイッていた俺は、大きなうねりに震えた。

体がびくっと弾《はじ》ける。繋がった所が締まり、張り詰めた性器の中を熱い物が駆け抜けた。御門は微《かす》かに呻《うめ》きながらも動きを速め、掻《か》き混ぜるみたいに突いてくる。遠慮はまるでなくなり、俺は枕を越えてヘッドボードにへばりつきながら穿《うが》たれた。

「ん……あ、あぁぁ——っ!!」

「煌……ッ……!」

胸や腹を打つのは、噴き上がるマグマみたいな劣情——これは俺の物で、体の中には御門の放った物がある。まだ終わってない。次から次へと、ドクドクドクドク打ち込まれる。液体ではあるけど、注ぐなんてもんじゃなかった。内臓を思いきり打たれる衝撃が凄くて、快感が止まらない。前にした時、ゴムを着けろなんて思ったのが嘘みたいだった。

「御門……っ、御門!」

ずっしり重い鋼みたいな体が覆い被さってきて、それでもまだ射精は続いていた。俺はヘッドボードに両手をついて振り返る。早く御門の顔を見て、声を聞きたかった。

「煌……っ」

後ろから全身を抱き留められる。そして口づけられた。達したばかりの顔は官能的で、一瞬で目に焼きつく。声も、ただ名前を呼んだだけなのに酷く沁《し》みた。耳の奥で木霊して、記憶に刻まれる。

ちゃぷっと音を立てて舌を絡め、深く長いキスをした。

繋がった体の中で、御門の欲望が再び威力を増している。

口角からも下半身の結合部からも、体液が溢れていった。

「ん……ぅ、く……」

「――ッ……ゥ……」

御門は少しだけ腰を引き、繋がったまま俺の体を引っ繰り返す。

器用に仰向《あおむ》けにするなり、正面から貫き始めた。

いきなり激しくて、息もできない。

「あ、う……あぁ――っ！」

まるで霊に乗っ取られていた時みたいに、俺の体は勝手に動いた。

御門の唇を求め、背中に腕を回す。手術の傷に触れないよう気をつけながら、それでも強く縋《すが》りついた。

《九》

夜の帝王の異名を持つウォータービジネス界の重鎮、御門礼司《れいじ》と関係を持って早二ヵ月——俺は御門の「お前と付き合いたい」という言葉にイエスもノーも言わないまま、マンションと御門の家を行ったり来たり、半同棲と言っても過言じゃないような生活をしている。

新しい年が始まって、御門は仕事に励んでいた。もちろん手術後の経過は良好だ。

逆恨みで御門を襲った暴力団は、実行犯が逮捕されたあと芋蔓《いもづる》式に逮捕者が出て弱体化し、最終的には御門と繋がりのある広域暴力団組織の傘下に入ることになったらしい。

御門は俺にそういう話はしない男だけど、この件に関しては教えてくれた。「敵は潰すより組み敷いてしまうほうが安全だからな」と、わざわざ話してくれたのは、俺が心配しながらも口に出せずにいたのを、察していたからだと思う。

今の俺は御門に大切にされていて、呪われた運命だなんて思えないくらい満たされている。

幸せなんて言葉が浮かんでくることもよくあった。御門と一緒に食事をしている時、御門の寝顔を見ている時、あとはもちろん、抱かれている時も——。

「っ、ぁ……も、ダメだって」

仕事前は挿れるなって言ってるのに今日も流されてしまい、ゴムを着けさせることもできなかった。

終わっても放してくれない御門は、ベッドから抜けだそうとする俺を捕まえる。仰向けに寝たまま俺の体を自分の上に乗せ、跨《また》がせた。まるで騎乗位だ。

「な、何？　もう無理だってば」

「中に出した物を処理しないとまずいだろう？　接客中に溢れてきたら大惨事だ」

「わかってるなら出勤前に出すなよっ」

抗議して下りようとしても下ろしてもらえず、腰を両手で摑まれる。

鍛えているだけあって怪力の御門は、俺の腰を宙に浮かせた。

散々やったのにもう復活しているモノが、尻の間にぴたりと当たる。位置は完璧だったけど、いくら御門のそれが硬くたって、このまま挿入するのはさすがに無理だ。

それは御門もわかっていて、やったばかりの孔を先端でぐいぐいと刺激してきた。

腫《は》れ気味の孔が少し開き、腹の中で精液が下がり始めるのがわかる。それ自体は不快だけど、性器で孔をつつかれるのは気持ちよかった。

「はっ、あ……ゃ、だ」

「指で引っ掻きだすのも、これで掻きだすのも同じだろう？　俺はもう達《い》かないが、処理用の道具として使っていいぞ。これを――」

「うあ……っ、あ、ぁ！」

このまま挿入は無理だと思ったのに、御門は性器に手を添えることなく挿れてきた。

俺の中は御門が出した数回分の精液で満ちていて、初っ端《ぱな》から卑猥《ひわい》な音がする。ジュブブッと水っぽく、粘ついた感じの結合音だ。あまりのいやらしさに、御門の顔を見ていられなくなる。ただでさえ騎乗位は恥ずかしいのに。

「ほら、自分で腰を落として上手く掻きださないと終わらないぞ」

「は、うあ……無理、こんなっ」

「力を緩めて最奥までくわえ込んで、完全に抜き取って再び挿入する。カリを有効活用すれば、指よりも合理的かつ迅速に掻きだすことができるはずだ」

「あ……ぁ、ふ、あ！」

「感じてる場合じゃないぞ。俺のこれは今、処理用の道具だと言っただろう？」

下から突き上げられながら言われても、どうしようもなかった。

両手で浮かされることで支えられていた体は、今や御門の一物で支えられ、とても自力では動けない。そのくせ頭の中では、指示された通りのイメージが湧いていた。

御門の性器はカリがしっかりと張りだしているから、それを使って中の物を上手く引っ掻きだせってことだろう。

「はっ、あ……ぅあ！」

俺は御門の胸に両手をつき、深く沈めた腰を上げた。

肉の笠《かさ》みたいなカリで、体内の精液が掻きだされる様子を思い描きながら、抜けるまで腰を浮かせる。一番太い部分が抜ける時は抵抗があったけど、ジュポッ！　と音がして抜けた瞬間、閉じ切らない孔から精液が溢れるのを感じた。ただでさえ濡れている御門の性器に、それらが降り注ぐ。

「ふ……ん、ぁはっ、ぁ」

「なかなか上手いじゃないか、お前は本当に筋がいい」

「や、あ、っ、うあぁっ！」

ズボボッ！　とまたしても卑猥な音が立ち、御門が下から突いてくる。

すっかり柔らかく解《ほぐ》れた体は、反り返ったモノを容易に迎え入れた。一度完全に抜けたのに、奥まできて掻きだしてからまた抜ける。

「はっ、ん！」

「要領はわかっただろう？　自分で腰を動かすんだ」

俺は御門の胸に片手を残し、利き手を股の間に伸ばした。

ひくつく孔に触れるか触れないかの所にある御門の性器を握って、しっかりと固定する。

俺の体から出た物でドロドロになっているそれを、再び中に迎え入れた。

「あ、あ……っ、うぁ！」

「──ッ」

何回同じことを繰り返しても、挿入する瞬間は震えるほど気持ちいい。

本当に道具みたいに使おうと思ったのに、御門が眉を歪《ゆが》めてよさげな顔をするから……ただ処理するだけじゃいられなくなった。奥まで挿入したら一旦全部抜き取るはずなのに、抜ける前にまた腰を落としてしまう。

「んあっ、は……っ！」

「――っ、煌……」

「凄い、大きっ」

もう何度もイッたくせに、御門のそれは俺の中でどんどん体積を増していった。

やっぱり我慢できずに腰を沈めて限界まで捩《ね》じ込み、それからまた浮かせてしまう。

辛うじて抜けない所まで離して、それからまた、体重をかけてズンッと腰を落とした。

「――ッ」

「御門……っ、あ、うぁ！」

カーテンの隙間から夕焼けが見えてるのに、俺は出勤準備に入れない。

御門の性器の根元を離し、ヌルヌルした手で胸筋に触れた。盛り上がった厚い胸……そこにある乳首も全部好きで、俺はヌルヌルを塗り込むように御門の筋肉をなぞる。

「おい、悪戯してる場合じゃないぞ……どうなっても、文句を言うなよ……ッ！」

「ふあぁ……っ！　あ、あ……あっ！」

下からガンガン突き上げられ、揺れる髪から汗が滴る。

生々しい匂いが立ち込める寝室に、自分の声とは思えないような嬌声が響いた。

御門の胸に当てていた手がズルッと滑って、前のめりに倒れてしまう。唇に食いつくようにキスをすると、両手で尻を摑まれた。崩れた騎乗位のまま、さらに激しく突き上げられる。

「う、ん、ぅ……ん──っ！」

「──ッ、ン」

こんなことしてちゃいけないって思うのに……遅刻するってわかってるのに、舌も腰も止められなかった。御門の好きにされているようで、俺自身も動いている。密着した胸と胸が、青臭い体液で滑るのが凄くいやらしくて、その匂いにまで興奮した──。

「ああもうっ、遅刻するってマジで！」

シャワーを浴びて髪を乾かしながら、俺はやらなきゃいけない作業を次々と頭に描く。

落ち着いてドライヤーを握っていられなくて、片手では歯磨き粉を手にした。

しかし急げば急ぐほど失敗するもので、キャップを床に落としてしまう。

「そう慌てるな。支度を急ぐとろくなことにならないぞ」

「誰のせいだよ！　なんでまた中で出すかなっ⁉　ゴム使えないのか⁉　原始人かよ！」

「お前が着けてくれないからだ。自分で着ける物じゃないだろう？」

「自分で着けるもんだろ普通は！　だいたい俺、これから仕事で立ったり座ったりするんだぜ。出勤前は挿れるなって言ってるだろ！」

「そんなに怒るな、可愛くて襲いたくなる」

「はぁっ⁉」

「手伝ってやるから」

バスローブ姿の御門は、歯磨き粉のキャップを拾ってからドライヤーに手を伸ばしてくる。猫の手も借りたいくらいだったので黙って渡すと、俺の後ろに立って熱風を髪に当ててきた。手櫛《てぐし》で丁寧に梳《す》きながらドライヤーをかけられるのは心地いいけど、俺の怒りはこんなことじゃ収まらない。というより、怒っている振りをしないとやりきれない。

――ほんと絶倫なんだから。

四人くらい同時に使えそうな洗面台には、バカラの時計が置いてある。出勤時間が刻一刻と迫っていた。

俺は歯ブラシを口に突っ込みながら、鏡越しに御門の顔を睨みつける。

そうしたところで視線は合わず、御門は俺の髪を見ながら楽しそうに乾かしていた。今にも鼻歌を歌いだしそうな顔だ。世間の皆様に見せてやりたい。いや、見せたくないけど。

「つーか、どお急いでぽ絶対ぢこくだ」

泡を口に含んだまま喋ると、御門がますます楽しそうな顔をする。俺はこんなに真剣なのに。

「それなら今夜は同伴しよう。そうすれば遅刻扱いにはならないだろう？」

「んっ⁉」

「あまり長くはいられないが、少しくらいは付き合うぞ」

御門の呑気《のんき》な提案を、俺は首を横に振って拒否した。シャコシャコやってる途中だったので、口から泡が零れそうになる。

男連れで同伴出勤なんて冗談じゃない。

ホストクラブ『Bright Prince』や、あの界隈《かいわい》での俺の立場は、御門グループ代表のお気に入りで定着しつつある。

御門はバイで、皇は男妾《おとこめかけ》として囲われているらしい、だとか、霊能力で御門の弱味を握って御門グループの人間を顎で使っているうえに、『Bright Prince』の買収を阻止しているらしいなんて変な噂《うわさ》にまでなってるのに、同伴なんてあり得ない。

「絶対、絶対やだからなっ、そんな恥ずかしいことするくらいなら遅刻のがマシだ！　なんで俺が笑いもんにならなきゃいけないんだよ！　皆適当なこと言って面白がってんだぜ」

「そんなに恥ずかしいことか？　お前には彼氏を自慢したいとかいう乙女《おとめ》心がないんだな」

「はぁ⁉　乙女じゃないしっ、御門のこと彼氏とか思ってないし！　それに目立つの嫌だって言ってるだろっ、毎晩迎え寄越《よこ》すから派閥の連中と距離できちゃうし、なんかますます浮いてやりにくいし、っ……う……あー、もうあっち行けよ！　変なこと言うからむせた！」

俺は口に残っていた歯磨き粉を洗面台に吐きだしながら、本当にゲホゲホむせる。

下を向いている間にドライヤーの音が止まり、髪に当たっていた温風が消えた。

同時に御門が一歩引いて、手も体も離れていく。

口を濯《ゆす》ぎながら鏡を見ると、御門と目が合った。なんとなく機嫌が悪そうに見える。

背負うオーラまで鏡に映っていて、表情の変化に合わせてパワーダウンしていた。

拗《す》ねた演技とかじゃなく本気だってことだ。御門は魂レベルで悄気《しょげ》ている。

「部下に送らせて、途中でうちのホステスと合流させよう。女性客と同伴ならいいだろう？」

「御門？」

「調子に乗って悪かった。お前の可愛さも罪だと思ってはいるが、節操がないのは俺のほうだ。今夜からしばらく自宅で過ごすといい」

「っ、なんだよそれ、怒ってるのか？」

「いや、単に反省しているだけだ。俺はお前に惚れてるからな……一緒にいたらどうしたって手を出してしまう」

御門はオーラを弱めた状態のまま、俺の真後ろに迫ってきた。

左手をウエストに回してきて、右手は胸元に入れてくる。

「な、何やってっ」

まさかこんな会話の途中で愛撫《あいぶ》されるとは思わず、びくっと過剰反応してしまった。

下手したら拒絶反応だと思われそうなくらい、肩が揺れる。

実際には驚くほどのことじゃなかった。忍んできた御門の指は動かず、乳首を軽く押さえているだけだ。いつもみたいに、転がしたり摘《つ》まんだりはしない。

「洗い立てのいい匂いがするお前を、このまま弄り倒してもう一度抱きたいくらいだ。お前を自分の店に引き抜くことや店を持たせることまで考えたが、そんなものじゃ足りない。できることなら秘書にでもして、一日中こうして触っていたい」

「それ、ただのセクハラだろ」

「お前に対して見境がなくなるのは事実だ。数日離れていたところで俺の気持ちは変わらないから、安心して少し休むといい。お前がその気になったら迎えにいく」

今にも硬くなりそうな突起を指の腹で押さえながら、御門は俺の首筋にキスをしてくる。

普段は痕なんかつけないのに、今夜は意図的に強く吸っていた。やや肩寄りの所、シャツを着れば見えないあたりを吸い上げて、そっと唇を離す。

——なんだよ、これ。

鏡の中の御門は、いつも通りの涼しい顔。オーラも回復し始めている。

俺の首筋には赤いキスマークが残った。「俺のことを毎日思いだせ」と刻まれたみたいで、物凄く腹が立つ。こんなことしなくたって俺は御門のことを忘れないし、これじゃまるで……距離を置く期間の目安みたいで嫌だ。

――消えた頃に会おうとか、そういうつもりなのか？　だったらもっと、すぐ消えるくらい軽く吸えよ、馬鹿……。

御門は「ホステスを手配しておく」とだけ言って、俺から離れる。

頭に血が上っていた俺は即座に振り返った。鏡越しじゃなく、直接御門の顔を睨む。

「要らない、遅刻でいい」

俺はそれだけ言ってドライヤーを手にした。

髪はほとんど乾いてたけど、もやもやした空気を騒音で断ち切る。

俺は本気で怒ってたわけじゃないのに。本当は嫌がってないことくらいわかってるくせに、なんで真に受けるんだよ。いつもは余裕の笑みで躱して、俺が何を言っても取り合わないじゃないか。それが俺達のお約束だろう？　俺は抱かれて誤魔化されて、喧嘩《けんか》にすらならなくて、それが俺にとっては幸せだったのに、距離を置くなんてあんまりだ。

《十》

俺は結局遅刻して、同伴はなし。今夜はオーナーが来てたけど、お咎《とが》めは特になかった。

腫物に触るように、とまではいかないものの、少し冷静になってみると周囲の態度の違いを感じる。元々ホストクラブにしては空気のいいところで、陰険なイジメとか厳しい上下関係もない店だから、気づくのが遅れた。

俺が他人の背中に守護霊の集合体を見るように、人は俺の後ろに御門礼司の存在を見ているらしい。露骨に媚《こび》を売ったり怖がったりはしないけど、一歩引いて少し丁寧に扱っているのがわかった。なんとなく気分が悪い。俺はそういうことに優越感を覚えられないし、今夜は特に癇《かん》に障る。

「皇さん、ユウリ様からご指名です」

アキさんのヘルプに入っていると、ボーイが指名を伝えにきた。

女装による不正入店は歓迎できないが、名前を聞いた途端、少しだけ気が晴れる。

「皇、久しぶりー」

アキさんが使っていたＶＩＰ席を離れて隅のテーブルに行くと、巻き髪のウィッグを被ったユウリが待っていた。ミニスカートの足下を銀《しろがね》が通過したため、ハイヒールが透けて見える。

「ご指名ありがとうございます。……元気だったか？」

「うん、元気元気。あけおめメールが最後だっけ？　あの時は実家にいたんだよー」

ユウリは本当に元気そうで、それはオーラにも表れていた。

最近御門と一緒にいることが多い俺には、他の人間のオーラが弱々しく微かなものに見えてしまうが、ユウリのオーラとしては健常なレベルだとわかる。精神的に落ち込んでいつまでも塞《ふさ》ぎ込んでいると悪いものが憑くことがあるが、霊的な変化は特になかった。

「皇、シャンパン注文して。今日はドンペリ入れちゃう」

「え、いいよ。いつものので十分だし、お前あんまり飲めないだろ？」

「いいのいいの、ここに来るのも今日で最後だから。僕ね、結婚することにしたんだー」

「は？」

男に嫁ぐならなんの不思議もない恰好のユウリは、隣に座った俺の腕に胸を押しつける。詰め物が上腕に当たって、なんとも味気ない感触だった。

「結婚て、女と？」

「まさか、やめてよ！　絶対あり得ないから」

「じゃあ法律が変わって、男同士で結婚できるようになったのか？」

「ううん、養子縁組するの！　前に出ていっちゃった彼とね、よく話し合ってそういうことになって、今は彼が経営するカフェで働いてるんだよ」

ユウリはそう言ってクラッチバッグを開けると、煙草と名刺を取りだした。

渡された名刺は繊維が毛羽立ったナチュラルな雰囲気の物で、文字やロゴデザインも凝っている。どういうコンセプトの店なのか、名刺を見ただけで察しがついた。

「センスのいい名刺だな。また一緒に暮らしてるのか？」

「うん、戻ってきてくれたからね。なんかさぁ、彼って見た目が微妙ーに残念な人でね、僕の下僕みたいな感じだったんだよね。元々はボーイズバーの常連客だし、僕が売りやってたのもホストクラブ通いしてるのも知ってて、そういうの全部許してくれてたわけ」

ユウリは近づいてきたボーイに、「ドンペリお願い」と自分でオーダーを入れると、煙草の箱を傾けた。俺は黙ってライターの火を点ける。

「……でね、好き勝手やってたらとうとう出ていっちゃって、それで予想外に凹んだんだけど、皇に元気づけてもらったこともあって自分から謝りにいったのね。それまでは女王様と下僕みたいな関係だったのに、僕からわざわざ」

ユウリはネイルを塗った指先に細めの煙草を挟み、真っ直ぐな煙を吐く。

俺に向かって「煙草吸っていいよ」と言いながら、妙に真剣な視線を送ってきた。

「彼が何に怒ってるのかわからなかったんだけど、僕はまず何について謝ったと思う？」

「売りを続けてたことと、ホストクラブ通いか？」

「うん、そう。特定の彼氏がいたらやめるべきだったのに続けてたことをね、まず謝ったわけ。それなのに彼は、『君は全然わかってない』とか言ってきて、なんかもうわけわかんなくて、そんでキレて泣いたらやっと白状したんだけど、そういうのはべつによかったんだって。僕が好きなことやって輝いてればそれでいいんだとか言っててさ」

「随分と寛容な人だな。じゃあ何に怒ってたんだ?」

隣で煙草を吸い始めた俺の問いかけに、ユウリは大きな溜め息をつく。

もちろん白い煙も一緒に出て、テーブル周辺はすぐに煙草の臭《にお》いに染まっていった。

「べつに怒ってたわけじゃないんだって。僕がさぁ、彼に一度も好きって言ってあげなくて、彼の前で『皇と付き合えたら何も要らなーい』とかわざと言ってたりしたもんだから、なんか淋しくなっちゃったんだって。いっそ遠くで僕の幸せを祈ってるほうがいいとか思い詰めて、いきなり荷物纏めて出ていったみたい。ほんと意味わかんないでしょ?」

ユウリの言葉に、俺はぎくりとする。

出勤前、洗面台の鏡に映っていた御門の顔を思いだした。

あの人を下僕扱いなんて絶対ないけど、でも……俺もユウリと同じで好意を口にしていない。

「彼と僕、一年以上も一緒に暮らしてきたんだよー。カフェの経営がきついの知ってたから、お小遣いとかそういうのも要求しないでエッチしてて。そんなこと好きでもない男とするわけないじゃん? それなのに好きって言ってほしいとかさ、子供みたいなこと言ってんの」

「それで、どういう流れで結婚……いや、養子縁組することになったんだ?」

「んー、結局僕は彼のこと好きだし。好みのタイプでもなんでもないのに、出ていかれた途端頭の中が真っ白になっちゃって。本命だと思ってた皇に電話しちゃうくらいテンパるし、追いかけてみっともなく泣いて……そしたら淋しかったとか言われてさ、年上なのに彼が可愛くて仕方なかったの。わかりやすいものを欲しがってたから、特大のをあげようって決めたわけ」

ユウリは「だから養子縁組するの」と、悪戯っぽく笑いながら言った。

籍まで動かして大丈夫なのかとか、親には相談したのかとか、そういう現実的なことに頭が行ったりはしたけど、俺は「そうか、おめでとう」とだけ返す。グロスを塗ったユウリの唇を見つめながら、御門の顔ばかり思い浮かべていた。

――御門のこと、彼氏だと思ってないって言っちゃったんだよな。

あの人は俺には勿体ない恋人だと思ってるし、ユウリの彼氏のように淋しくて拗ねてるとかそういうんじゃないだろうけど――でも、今の関係になって二ヵ月近くも経ってるし、俺が「好き」とか「愛してる」とか言わないうえに、「彼氏だと思ってない」なんて言ったから、さすがにテンションが下がったのかもしれない。

べつに深い意味なんてなかった。だって仕方ないだろ？　ホストの俺にとって同性の恋人の存在は隠さなきゃいけないものだし、それに御門は彼氏って雰囲気じゃない。強いて言うならパトロンだろう。いや、そう言われたら俺は怒るけど。

ボーイがドンペリを持ってきたので栓を開け、店内には短めのドンペリコールが響く。ドンペリも色々なので、値段によってコールも変わる。

それでも同派閥のホスト全員がコールに参加するので、そこから連鎖的にドンペリの注文が相次ぐものだった。

「ねえ、ホストってドンペリにネクター入れるって聞いたんだけど、皇は入れないの?」

「ドンペリに限らずシャンパンにネクターがんがん入れる奴よくいるな……そんでマドラーで混ぜまくって炭酸飛ばすと飲みやすいし、酔わないから」

「ああ、皇は強いもんねー、混ぜる必要ないわけだ」

「そのまま飲むのが一番美味いし」

俺はいつも以上に速いペースで酒を飲み、御門のことを忘れようとする。

今は仕事中だし、この店に来るのは最後だというユウリの話に集中したかった。

「僕はさ、ほんとに皇のこと好きだったんだよ……そうじゃなきゃ女装してまで来ないしね。番狂わせっていうのかな、こういうの。下に見てた相手の手に、いつの間にか落ちてました、みたいな。今もね、ホストクラブ通いをやめろとか売りはやるなとか、言わないの。ただ悲しそうな顔するの。ほんとズルいでしょ?」

「それでも彼のためにやめようって思ったんだろ? 俺は、凄くいいことだと思う」

「ありがと……向こうはモーニングもやってるカフェのオーナーだし、僕とは擦れ違いの生活だったしね。そういうのも全部やめて合わせたいなぁって思っちゃった」

ユウリはシャンパンをちびちびと飲みながら、「僕の負けだー」と苦笑する。

御門のことを考えてちゃいけないのに、ついまた考え始めてしまった。

俺の仕事は夕方から零時まで、御門は夕方から午前三時くらいまで——俺達の生活リズムは合っていて、二ヵ月間べったり一緒にいても一度だって喧嘩にならなかった。俺はよく怒った振りをしてたけど、本気で怒ったことなんてなかったし、御門はいつも大人だった。

俺は凄く心地好かったけど、御門だって求めるものはあっただろう。「好き」とか「愛してる」とか、セックスする度にバレバレなことであっても、きちんと言葉で伝えて、凄く大事に思ってるってことを明らかにしなきゃいけなかったのかもしれない。

「ねえねえ、僕のことはさておき、皇はどうなの？」

「ん？　俺？」

「夜の帝王の愛人だとか噂されてるけど、まさかねーって思ってたんだよね。だけどなんか、久しぶりに会ったらすっごい綺麗になってるんだもん。絶対何かあったでしょ？」

イヒヒと奇妙な声を出しつつ迫ってきたユウリに、俺は「ないない」と笑って返す。

一瞬驚いたけど、これまでにも何度か訊かれたことがあるので準備はできていた。

恋人なんて一生無縁だと思っていた俺にとって御門は特別な存在だし、同性だからといって恥じる気持ちはない。本当は自慢したいくらいだった。でも御門に迷惑をかけるわけにはいかないし、ホストは本命の存在を隠さなきゃならない。嘘も仕事のうちだ。

——今夜はマンションに帰るけど、でも明日は休みだし……自分から行こう。

俺は何を訊かれても誤魔化しながら、ユウリの恋人やカフェの話に流れを持っていった。

今まで、一度だって自分から御門グループの本社ビルに足を向けたことはない。迎えが来るから行くって感じだったけど、明日の夕方、自分から行こうと思う。素面《しらふ》で好きだと言うのは難しい。でも、せめてベッドの中でちゃんと伝えたい。

——最中に好きだって囁いて、付き合うのも、いいよって言おう。どう考えてもすでに付き合ってるんだし。

俺は御門が好きだ。銀と触れ合ってるだけでも嫉妬《しっと》するくらいだし、先のことはどうなるかわからないけど、俺は別れたくない。だから、別れずに済むようにしていきたい。

ワガママになるなら方向性を間違えないようにしなきゃダメだ。意地を張ってないで、この先も一緒にいるための意思表示をしなきゃ。そうしないと後悔するし、人生が勿体ない。

——キスマークが消えるのを待つとか、無駄だろ、絶対……。

御門に強く吸われた首筋が疼《うず》き、俺はシャツの上から指で押さえる。

さりげない動作に見せかけたので、ユウリは特に気づいていないようだった。

斜め前のソファーに寝そべっている銀だけが、意味深な視線を送ってくる。アイスブルーの瞳に晒されると、何もかも見透かされている気がした。

《十一》

仕事帰りに真っ直ぐ帰宅する気でいた俺は、今夜こそ派閥メンバーと一緒に駐車場まで歩くつもりでいたのに、結局そうはならなかった。ユウリが帰ったあと、霊媒の仕事を持ち込んできた客がいたからだ。

「ねえ、やっぱり宝くじとか当たると悪い運も呼び込んじゃうものなの？」

午前零時四十分。ハイヤーの後部座席で、エリナは髪に指を絡めて小首を傾《かし》げる。

三十路《みそじ》を過ぎているはずだが、十代の女の子みたいな仕草は癖らしく、以前と同じだった。

約半年ぶりに店に来た彼女は華やかな雰囲気に変わっていたものの、それらはすべて装いによる変化だ。どれだけ着飾っても、脆弱《ぜいじゃく》なオーラは変わっていない。

「そういうこと、人前であまり話さないほうが……」

俺は運転手が気を悪くしないよう、そっと耳打ちした。

ホストが客に贈る愛の囁きにでも見えればいいなと思ったが、まるで空気が読めない彼女は、

「大丈夫よ、このハイヤーは貸切だし、運転手さんの身元もハッキリしてるの」と返してくる。

これじゃ俺が何を言ったか丸わかりだ。

「宝くじに当たっただけで悪い運を引き込むとは思えないけど、あまり軽々しく人に話すと、妬《ねた》まれて悪い霊に憑かれることはあると思う。悪霊に限らず、生霊とか」

「そうなの？　べつに悪いことしたわけじゃないのに、妬むとか酷いわねぇ」

「才能や努力で得た収入とは違うから、妬む側の感情に嫌悪の念が強かったりするんだ」

エリナは「やだぁ怖い」と言いながら腕にしがみついてくる。

手首にはダイヤモンドとプラチナの腕時計、指にはブランド物のリングと、人工的な厚い爪。服や靴のブランドはわからなかったが、一目で高級品だとわかる。

貸切のハイヤーでホストクラブに乗りつけ、高めのシャンパンタワーを注文しながら霊媒の仕事を依頼してきた彼女は、まるで裕福な令嬢みたいだ（雰囲気的に本人が成功しているようには見えないから、女社長って感じはしない）。

半年前まで通ってきていたＯＬで、年上扱いされるのを嫌う子供っぽい人だった。挙げ句の果てにカードローンに手を出し、風俗行き寸前になってもホストクラブ通いをやめず、俺に「二度と来るな」とまで言わせた人だ。そうでもしなきゃ本当に風俗嬢になっていただろう。

彼女いわく俺の言葉で目が覚め、親に頼って借金を返済し、それからは真面目なＯＬとして働いていたという話だった。

そして運よく年末の宝くじに当たって二億円を手にしたが、それと同時に霊障に悩まされるようになったらしい。

具体的には、横浜《よこはま》にある実家でラップ音と思われる怪奇現象が連続し、時には床が血塗《ちまみ》れに見えたり、入浴中に金縛りに遭って溺《おぼ》れかけたりしたという。

俺は女性一人の家に夜中に行くような真似はしないが、両親と姉妹と一緒に暮らしていて、家族が精神的にかなり参っているというのですぐに行くことにした。

御門から事前に、遠くに出かける際は必ず連絡するよう言われていたので、帰る前にバックヤードでメールを打ち、エリナの依頼内容と、これから横浜に行くことを知らせてある。

「あ、ごめん。ちょっとメール確認させて」

携帯が震えたのを機に、俺はエリナの手を振り解いた。

振動パターンで、御門からだとわかる。今は霊媒師として動いているだけでホストとしてのアフター中ではないので、携帯を見ることに遠慮はいらなかった。

御門からのメールには、『依頼者のフルネームを教えてくれ』と書いてある。

そこから数行空けて、『高額当選によって嫉妬を買ったなら、家ではなく本人に憑きそうなものだと思うが、不自然な点はないのか?』とあった。そして最後は、『調べるから依頼者の名前を教えてくれ』と、念押しの一文で締めくくられている。

――フルネームは知らないけど、聞きだしてメールしたほうがいいのか？　確かに金絡みの嫉妬なら、家より本人に憑きそうだ。そもそも宝くじに当たるような強いオーラの持ち主じゃないんだよな。むしろ薄幸オーラが漂ってて、運悪く事故に遭いそうなタイプだ。

俺はエリナの横顔をチラ見して、苗字《みょうじ》を訊いてみようかと思った。

フルネームと大まかな居住地だけ送れば、御門には十分だろう。

エリナの借金歴や銀行の残高まで、すぐに調べられるはずだ。

——あ、そうだ、その前に。

俺はまだメールのやり取りが終わっていない振りをして、メモ帳アプリを立ち上げる。

そこに一行分の文字を入力してから、「銀《しろがね》……」と呟いた。

エリナは「シロガネ?」と訊いてくる。やはり髪を弄りながら小首を傾げた。

『なんだ?』

助手席から外を見ていた銀が振り返ると、俺は視線を銀にしっかりと合わせる。

そして携帯の画面をエリナの反対側に傾けた。

普段人前で視線を合わせたりはしないので、銀は俺の意図を察して助手席のシートを透過し、後部座席に顔だけを伸ばす。そして携帯の画面を覗き込んだ。

俺が入力した文字は、『この人、俺に悪意ある?』という一文だ。

『いや、むしろ好意的だ。この女はお前に惚れている』

「ねえ皇、今シロガネって言ったの?」

銀の声が聞こえないエリナは、不思議そうな顔をしている。

俺は最初から誤魔化す気でいたので、短く「ああ」と答えて適当に笑いかけた。

「この辺て、シロガネ台の近くかなって思って」

「あら全然違うわよぉ、皇ったら方向音痴?　それに白金台《しろかねだい》はシロカネよ、濁らないの」

「そうなんだ？　じゃあなんでシロガネーゼ？」

「あらやだ、ほんとそうね……なんでかしら？」

エリナはウフッと笑い、「携帯で調べてみるわね」と言ってバッグを開ける。

車に乗ってから妙に明るくなり、霊障に悩んでいるとは思えなかった。でも、銀が言うなら俺に対して悪意がないのは間違いない。そもそも俺に好意を抱いていたから店に通い、太客になろうとして他の客と競ったわけで……。

そうだった。下手したらストーカーになるんじゃないかって皆にも言われたし、警戒してたくらいだったんだ。俺のために風俗で働くとか言いだすし、あの時は本気で対処に困った。

俺は携帯を握り締め、これからどうするべきか迷う。

エリナは金持ちになったことや、久々に俺と一緒にいること、そして悪霊を祓える安心感でテンションを上げているだけで、おそらく問題は何もない。でも……たとえそうだとしても、御門が求めるなら俺はエリナの個人情報を送信したほうがいいのかもしれない。

御門に頼りたくない気持ちはある。けどそれ以上に優先すべきは、御門に心配や迷惑をかけないことだ。俺が勝手な判断で無言を通せば、御門は落ち着かないだろう。逆の立場なら絶対そうなるから、たぶん御門も同じだ。

「エリナって、苗字なんだっけ？」

「あら、どうしてそんなこと訊くの？」

「名前が可愛いと苗字も気になるだろ?」

「うーん、名前はともかく苗字は普通なのよねぇ。村田《むらた》だもん」

エリナはバッグの中の携帯を探す動作を続けながら、「携帯どこいったんだろ」と呟く。

村田エリナ――と御門にメールしたかったが、すぐに打つと怪しまれるので、俺は少しだけ間を置こうとした。

「あ、やっと見つけた。ねえ見て皇、私のスマホカバーすっごい可愛いの」

バッグの中で携帯を摑んだらしいエリナに、俺は「どれ?」と顔を向ける。

携帯のことを話題にしていれば、自分も何か見せる振りをしてメールを打てると思った。

「っ、う……うぁ!」

油断していた俺は、突如顔に吹きかかる冷たい霧に怯む。

一瞬何が起きたのかわからなかった。反射的に目を閉じる。

華美な長い爪とスプレー缶、ハンカチを口や鼻に当てているエリナの顔。瞼を閉じた途端、まるでシャッターを切ったみたいだった。直前に目にした光景が焼きつく。証拠写真のようにくっきりとしたこれを、メールに添付して御門に送れたらいいのに――。

俺は遠ざかる意識の中で、そんなことを考えていた。

寝苦しい夜に酷くおぞましい夢を見て、悪夢だという認識があるのに目が覚めない。

誰か起こしてくれと願っても無理で、とにかく走って走って逃げ回る。

携帯で御門に助けを求めようとするのに、何故か電源が入らなかった。それどころか携帯が溶けて纏わりつき、コールタールのように黒くベトベトした液体に変化する。全身を覆われて絶叫した俺は、いつしか追手に捕まっていた。

四肢を荒縄で縛られ、別々の方向に引っ張られる。さらに服を切り裂かれた。

悲鳴も上げられないほど怯《おび》える俺に近づいてきたのは、曾祖父と犬神一族の人間達、そして俺を騙した女。必死に声を張り上げてどれだけ助けを求めても、御門と銀の姿は見えなかった。

「――っ、ん、ぅ……っ⁉」

得体の知れない悪寒と頭痛に、俺は目を覚ます。

瞼を開けても視界は晴れなかった。すぐ近くに人が立っているのがわかる。

信じ難いことに俺は全裸で、台のような、或《あ》るいは椅子のような物に縛りつけられていた。

自分の恰好を客観的に捉えると、たちまち鳥肌が立つ。下着すら身に着けずに脚を開く姿は、生物の授業で解剖されるカエルみたいだ。御門以外には絶対に見せたくない恥ずかしい恰好をして、俺は今、誰の前にいるんだろう。

「っ、誰だ⁉」

叫びながら両手に力を入れてみたが、背凭《せもた》れの裏側に回された手は縛られていて動かない。

荒縄ではなく粘着テープで纏められている。指先まで痺《しび》れるようなきつさだった。

悪夢を見ていたことを認識していたはずだったが、現実に戻ったあとも悪夢が続いていて、もう一度夢の中に逃げ込みたくなる。たとえどんなに悪い夢でも、所詮《しょせん》夢は夢だ。最悪な現実よりはましなものだと思い知る。

「起きたがですか、煌さん」

「！」

無数の蠟燭《ろうそく》の灯りの中に、聞き覚えのある声が響いた。体の左側から聞こえる。

俺の視界はまだぼんやりとしていたが、さらに続けて「悪い夢を見たがやね」と右側からも聞こえてきた。聞き比べようもない同じ声、双子の声だ。

——犬神……克弘《かつひろ》と、敦弘《あつひろ》！

二年以上会っていなかったが、一回り年上の従兄《いとこ》に間違いなかった。

霊的オーラで俺には見分けがつくが、普通の人間には見分けがつかないほどよく似た双子の兄弟、犬神克弘と敦弘。俺は母親似でいくらか日本人離れしているはずなのに、不思議とこの従兄達とも似ている部分がある。

一族では畜生腹と呼ばれる双子を吉とすることもあって、本家直系の俺に次ぐ地位とされている二人だ。分家筋だが霊力が極めて強く、銀の姿を見ることができる。

「こ、ここは?」

「久しぶりやね、煌さん。ここは神奈川《かながわ》の奥のほうや」

仄暗《ほのぐら》い部屋の中で、弟の敦弘が答えた。

その言葉を信じるなら歌舞伎町から車で数時間の距離と考えられるが、俺には時間の感覚がなく、状況把握もできていない。ハイヤーの車内で催眠スプレーらしき物をかけられたことを思いだしたが、あれから数十分しか経っていないと言われればそうなのかと思えるし、二十四時間経過したと言われても納得してしまいそうだった。

——銀……。

とりあえず夢とは違い、銀の姿は近くにある。

御門の姿は当然ないが、銀がいるというだけでいくらか冷静になれた。

——ここ、病院か？

そう思って周囲を見回した途端、俺は悪寒と頭痛の正体を知る。

催眠スプレーのせいで頭が痛いわけじゃなかった。全裸だから悪寒がしたわけでもない。

蠟燭の灯りで照らしだされている部屋は、ぞっとするほど大量の血に染まっていた。

実際には古びているだけで血液の汚れなどないが、霊的には悪いものばかり見える。

惨劇が繰り返された異常な場所だったことは、霊に聞くまでもない。

生きている人間は俺を含めて三人しかいないが、膨大な数の死霊が蠢いていた。

すでに人の形を取れていない状態で、怨念《おんねん》の塊に近いものへと変化しつつある。

「なんでこんなに霊が……俺はどうしてここにっ、エリナは一族の人間だったのか？」

「あの女は一族に買われた女やき。御大から預かった支度金渡して、煌さんの子供産んでくれゆうたら目の色変えて受けよったがよ」

「煌さんに惚れちょるきに、悪意はなかったがやろ？」

双子はそう言ったあとに二人して、「ここは事件のあった廃病院や」と声を揃えた。

普通の病院ではないことは見てわかる。

この空間の淀《よど》みは尋常じゃない。霊力が極めて強い俺達だからこうしていられるが、普通の人間は一分だっていられないだろう。強い怨《うら》みを持った死霊が怨念を編み上げ、渦を作って生者を囲んでいる状態だ。

「こんな死霊だらけの中で、何をする気だっ」

「わかっちょるきに……えい加減諦めたがえいで。やけくそになって男妾をやりゆうけんど、本家直系の責任は取らにゃあいかんがよ。それが銀様を使役しゆう者の務めや」

「煌さんはいごっそうやにゃあ。ほいたらぼちぼち始めるかえ」

「何を始めんだよ！　標準語で話せよ！　喋れるだろ⁉」

苛立《いらだ》って怒鳴りつけた俺に、敦弘は意味深な視線を送ってくる。

方言しか話せない人間に無理を言う気はないが、双子は大阪の大学を出ていて、地元にいる時も必要に応じて関西弁交じりの標準語を使っていた。時に老人の話す言葉は都会からやって来た人間には通じず、通訳が必要だったからだ。

「この状況でいちいち説明する必要あるか？　煌さんの精液を採取して冷凍保存する……ただそれだけのことや。煌さんは気持ちようなるだけでえい」

「な、なんだよそれっ」

「高知《こうち》に戻れとも、女を抱けとも言いやあせん。こういう時代やきな、精子さえあれば済む。条件的には悪うないろう？　今回できるだけ多う採取して、あの女の他に地元のおなごにも授精する手筈《てはず》になっちゅう。要は、犬神本家直系の血を繋げるためや」

「そいたら銀様は、煌さんが死んでも一族を支えてくださる」

弟の敦弘は、一歩下がってクーラーボックスのような箱を叩く。

霊が邪魔して見えにくくなっていたが、他にも医療用と思われる器具や、病院らしい衝立《ついたて》やステンレスのワゴンが見えた。元々この病院にあったと思われる物は古びているが、克弘達が持ち込んだと思われる物は真新しく、真っ白で浮いている。

双子はポケットからゴム製の手袋を出し、同じタイミングで嵌《は》めた。歯科医が使うような、薄手の物だ。長身の二人は手も大きく、ぴたりと嵌められたそれが肌色を透かしている。

「やめろ！　こんな家畜みたいな扱い冗談じゃない！　だいたいエリナだって他の女だって、俺の子を産んだらどういう目に遭うか知らないだろ⁉　妊娠しただけで不幸な目に遭うしっ、産む前に死ぬ可能性だってあるんだぞ！」

「なんちゃーない、無事に産まれるまで続けるだけや」

本気で言っているのがわかる克弘の言葉に、血の気がますます引いていく。

いっそ夢であって欲しい気持ちはまだあったが、そんな考えに甘えている場合ではなかった。

これは本気で逃げなければならない現実だ。このままじゃ精液を採取されて、金で買われた女達が悲惨な目に遭う。

俺がそう思った瞬間、克弘がもう一度ポケットを探った。

そこから出てきたのは黒く細いベルトとボールのような物——目にして数秒後には、ボールギャグと呼ばれるSMの道具だと気づいた。

銀に命令できる唯一の人間である俺の口に、克弘はボールギャグを突っ込んでくる。

「っ、う……やめ、ん……ん——っ!!」

言霊を使えない狗神憑きは無力だということを、双子はよく知っていた。顔を背けて慌てて銀に命令しようとしても遅く、敦弘と克弘の手で無理やり装着されてしまう。

——銀っ、銀！

自主的には何もしようとしない銀色の狼が、死霊の中に悠然と座っていた。

潤滑剤を性器に垂らされて弄られる俺の姿を、アイスブルーの瞳が見ている。

長年一緒にいる俺に対して冷たいようにも見えるが、仕方ないことだとわかっていた。

銀が俺の許にいるのは、呪詛《じゅそ》による縛りがあるからだ。俺個人をどうこうって話じゃない。

誇り高い狼でありながら捕らえられ、飢えと屈辱に苦しみ抜いた数百年前の怨念が、今でも銀の核になっている。凄《すさ》まじい怨みを持ちながらも、憎い術者に仕える矛盾。その一族を繁栄させる矛盾。そんな矛盾だらけの狗神が、唯一筋の通ったことをする。それが、術者の血筋を絶やすこと。だから俺は終わらせたい。狗神憑きと交わった相手や、生まれる子供に伝染する苦しみも、延々と続く銀の苦しみも断ち切りたい。犬神一族の連中に、呪われた胤《たね》を渡してはならない。絶対に――。

「っ、うぅ、ぐ！」

改めて覚悟を決めたところで、ボールギャグが舌を押す形で言葉を遮る。口角からは唾液が溢れ、暴れたところで拘束は解けなかった。粘着テープが絡み合い、一層動きにくくなる。

「なんや、エレクトせんよ」

「ほいたらこれ。煌さんは御門なんちゃらの妾やろう？　後ろを弄らな」

手術用手袋をした手で俺の性器を扱いていた克弘に、敦弘が何かを手渡す。

俺は背凭れを倒された椅子に括《くく》りつけられたまま、その物体を凝視した。

「んっ、う――っ!!」

克弘が受け取ったのはバイブだった。すぐに潤滑剤をかけられたそれが、てらてらと光る。

敦弘はさらに、精液採取のための容器を取りだした。これまでは俺を挟む形で左右に分かれていた二人が、無言で移動する。

――嫌だ！　御門……御門っ！

手足を激しく動かすと、椅子自体がガタガタ揺れた。

それでも拘束は解けず、M字に開かれた脚の間に克弘の姿が見える。

「こがなせばいとこにブチ込んで大丈夫やろうか」

克弘は下卑《げび》た笑みを浮かべ、バイブの先端を孔に当ててきた。

スイッチは入っていなかったが、リモコンと思われる物を弟の敦弘が持っている。

克弘はバイブを当てつつも指を使って孔を拡《ひろ》げ、俺の中にゴム越しの指を二本挿入した。

「っ、う……ぐ、ぅ！」

「煌さん、今の恰好わかるか？　まるで妊婦みたいや」

「ここな、事件起こして廃業した産院ながやと。院長が宗教かぶれで、不老長寿の妙薬ゆうて女子供の臓器を集めよったがやと。つまりな、この診察台も産科の物……内診台や」

「んっ、んう――っ!!」

敦弘が診察台のレバーを引くと、その途端、俺の腰に当たっていたシートがガタッと落ちる。尾てい骨のあたりを支えていた物が消え、背中や、両脚を乗せている台に体重がかかった。

何が起きたのかすぐにはわからなかったが、徐々に把握する。女の局部を診るための椅子は、男の俺の体も余す所なく暴いていた。宙ぶらりんに浮かされた尻に、潤滑剤が回っていく。とろりと流れるそれは谷間を縫って、背中まで届いた。

「何度も何度も取り壊されそうになって、けどな、不当に殺された者の怨念が強過ぎて、誰もこの建物に入れんがよ。普通の人間やったら失神モノやし、エリカゆう女も近くに来ただけでゲーゲーえずきよった」

「俺らクラスの霊力持ってないと近づけん、最高の隠れ家っちゅーわけや」

同じ声で畳みかけてくる双子の手で、俺は執拗《しつよう》な愛撫を受ける。

前立腺に指が当たり、びくっと体が弾けることもあった。

敦弘はローターまで出してきて、俺の乳首を弄りだす。

時に体は反応し、勃たせたくなくても生理現象は起きてしまう。口からは嬌声混じりの呻き声と大量の唾液が、みっともないほど漏れてしまった。でも、頭は酷く冷めている。

——御門の霊力レベルじゃ、無理だ。ここを突き止めたとしても……。

克弘が、「ぼちぼちえいろう」と口にした。

指で解された所にバイブを突っ込まれる。二ヵ月間、御門に抱かれ続けた体は異物の挿入に慣れていて、硬く冷たいバイブすら容易に吞《の》み込んでいく。俺の意思なんて関係なかった。

「う……く、ふっ！」

「見いや敦弘、ズブズブ入りゆう」

克弘はバイブを握った手を前後させながら、息を乱し始める。

俺の乳首にローターを当てていた敦弘の呼吸も、いつの間にか荒れていた。

粘着質な視線を股の間に注ぎながら、敦弘は握っていたスイッチに手をかける。

精液を採取するのを忘れないようにしろとかなんとか、早口で話しているのが聞こえたが、俺は意図的に意識をそらした。射精しないためには生理現象を抑えるしかなく、萎えるようなことばかりを必死に考える。

俺達を取り囲んでいる霊を見つめ、生前にあった悲劇を想像した。

射精なんかできないくらいグロテスクな映像を思い描き、霊の憐《あわ》れな末路に同調する。

御門のことを想わないよう慎重に、ただただ血塗れの霊と天井を睨み続けた。

「っ！」

その時、頭上から何か大きな音がした。連続する騒音。バタバタとかバラバラと表現したくなる音は次第に大きくなり、それがスラップ音だと気づく。

――ヘリの音？　こっちに、近づいてる？

俺は人生で一度だけ、ヘリコプターに乗ったことがある。つい最近のことだ。

御門グループ本社ビルの屋上からヘリに乗り込み、クリスマスの東京の夜景を見下ろした。

思った以上に海と街が隣接していることを知り、スカイツリーの高さに目を瞠《みは》り、ＬＥＤの青い光の美しさに感動して――これまで生きていた中で、一番キラキラした夜だった。

――御門っ！

克弘と敦弘は、「ヘリやっ」と言うなり天井を見上げる。

ここが何階なのかわからなかったが、天井を挟んですぐの所にヘリが飛んでいる気がした。胸の上に置かれたローターの音や、死霊の呻きも聞こえなくなり、双子が喋る声も聞き取れなくなる。

——御門っ、来てくれたのか？

俺は内診台の上から銀に目を向けた。銀色の狼は、真上を見て尾を振っている。その視線は徐々に横へと移り、最後に銀は俺に背中を向けた。

銀の視線とヘリの音は連動していて、どの方向に着陸するのかわかる。風圧で窓がガタガタ鳴っていた。死霊までざわめき、空気は一層淀む。

「どうせここには近づけん」

ようやく双子の会話が聞こえてきた。ローターの振動音も聞こえる。

それでも快楽のようなものはなく、不快なくすぐったさが残るばかりだった。俺の意識は、銀と同じく御門に向かっている。携帯のＧＰＳ機能を使って追ってきてくれたとか、そういうことなんじゃないかと思ったけど、経緯なんてどうだってよかった。とにかく会いたくて嬉しくて、ありがたい気持ちと後悔がどっと押し寄せる。

——こんな、死霊だらけの所に近づけるとは思えないけど、もし無事に会えたら伝えたい。今度こそちゃんと、好きだって……。

ボールギャグを嵌められた俺は喋れず、みっともなく唾液は溢れ、涙まで零れてしまう。

再び俺のほうを振り返った銀と目が合い、言霊を使えない現状に焦りが増した。

いくらへリで近くまで来てもらっても、双子の言葉通りこの廃病院には近づけない。御門の霊力は平均よりかなり強いが、俺や双子と比べられるものではなかった。霊力がまったくない人間と、超級に強い人間は霊の影響を受けにくいが、中途半端に強い人間は普通の人間以上に影響を受けやすい。たぶん御門は、御門の部下よりもつらい目に遭う。

——銀！　ここの霊を祓えっ、お前ならできる！

いくら心で叫んでも、言霊を使えなければ銀を動かせない。

俺の口からは呻き声が漏れるばかりで、銀も明らかに俺の命令を待っていた。

口を塞がれる前に何故さっさと霊を祓わせなかったのか、悔恨のあまり自分自身に腹が立つ。

『御門と堤、他に三人。合計五人の男達が来ている』

銀の言葉に、俺だけじゃなく双子も反応した。

どこまで来ているのかはわからなかったが、次々と脱落するのは火を見るよりも明らかだ。

それを裏づけるように銀が、『四人は足を止めた。失神したようだ』と告げてくる。

「当たり前やね」

克弘がケタケタと笑ったその時、銀はようやく動きだした。

俺の命令なく霊を祓うことはできないが、一定時間少し距離を置くことはできる銀は、この部屋の扉に向かって走っていく。

「銀様っ！　どこ行きゆうがです⁉」

『御門をここまで案内する。それが私に許される唯一の自由だ』

銀は走りながら敦弘の問いに答え、扉をすり抜ける。

双子は硬直し、俺を無理やり射精させようとしていた玩具《おもちゃ》は床に落ちた。

「う、う……！」

残像の血や臓物に覆われた床の上に、プラスティックの蓋《ふた》や飛びだした乾電池が転がる。

バイブが体から抜け落ちた感覚が残っていたが、強制的な快楽から逃れられたことで、体を萎えさせることができた。

耳を澄ますと、宙を渦巻く死霊のざわめきの他に、何かを引きずるような音が聞こえてくる。

ここにいたはずの霊は半分以下に減っていて、新たな侵入者に向かっていったのがわかった。

双子も俺も扉のほうを見ていたが、それが開かれる気配はない。

双子は同時に顔を見合わせ、蠟燭の灯りの中で口角を吊り上げた。

ほらやっぱり誰も来れない、と言わんばかりだったが、それでも音は聞こえてくる。

『御門、この先だ。ここに煌がいる』

銀の声が聞こえてきて、さらに数秒してから扉が開かれた。

勢いなど少しもなく、ギイィッとゆっくり開く。

「んっ、う……う――っ！」

揺らめく灯りの中に現れたのは、確かに御門だった。でもいつものように堂々と立っているわけじゃない。御門は床に膝をつき、壁に縋ってここまで来たようだった。わずかな灯りでも見て取れるくらい顔色が悪く、髪も乱れている。

「煌っ！」

俺の名を呼ぶ声は力強く、目には生気があった。けれどその肩には、人の形を取れない霊がずっしりとのしかかっている。

御門の目にどのくらい鮮明に映っているのか知る由もなかったが、俺の目には赤黒い内臓の塊に見えた。死霊でありながらも生々しく脈打ち、太い血管や毛細血管、脂肪が見える。その中に手や無数の眼球があり、そのすべてが御門を襲っていた。

──御門っ！

「なさけない恰好やな」

「夜の帝王が台無しや」

死霊など見慣れている双子は、悠々と御門のほうに歩いていく。

御門は霊の重さに立ち上がれず、扉の枠から手を離すこともできない状態だった。

御門の守護霊は死霊と闘っていたが、取り憑かれないよう守るのが精いっぱいで、御門の体は霊による重圧に屈しつつある。顔が床に近づき、最後は頬骨がぶつかる音まで聞こえた。

「──ッ、グ……ゥ！」

俺は初めて御門の本気の呻きを聞き、その顔が床に伏すのを見た。

振り払えないとわかっていながら霊を振り払おうとしたらしく、御門の首筋や頬、耳には、御門自身の血液が付着している。ひっかき傷から滲《にじ》む血は、この部屋にある幻影の血とは比べようもないくらい鮮烈な赤だ。

「っ、煌……！」

御門は両手を床について顔を上げ、ゼイゼイと息を乱す。

汗や血や埃《ほこり》で汚れた顔を銀が舐めたが、現世にある物体に影響を及ぼすことができない銀は、塵《ちり》ひとつ拭えなかった。傷ついた御門に対して、舌の感触を与えることしかできない。

「銀……っ、俺を、煌の許へ……！」

御門は銀の首に手を回し、辛うじて上体を起こした。銀の力に頼り、半ば引きずられる形で膝を進める。

その光景に大きく反応したのは双子だった。克弘も敦弘も、御門が銀を認識していることが信じられない様子で絶句する。確かに怯んでいた。でもだからといって俺や御門に勝機があるわけではないことを、俺はわかっていた。

「この男……っ、一族の血が⁉」

「関係ない。おい御門さんゆうたな。俺らは煌さんに傷つける気はない。種馬として生きちょってもらわな困るきに」

兄の克弘は御門の前に立ち、死霊がのしかかった御門の肩に触れる。

霊に影響されない体で御門を床から起こすと、敦弘もすぐに御門の横に回った。

瓜二つ《うりふた》の顔をした二人によって立たされた御門は、肩や首、後頭部に死霊の重みを受けて、ぐったりしながら歩かされる。

「精液採取を手伝《てつど》うてくれん?」

信じがたい言葉が聞こえてきた。俺の視界は涙で滲んでろくに見えなくなる。

塞がれた口から、「フーッ、フーッ!」と威嚇する野良猫《のらねこ》みたいな声ばかり漏れた。

御門に迷惑をかけたくなかったのに、恥なんかかかせたくないのに、俺が馬鹿だから、俺が素直じゃないから……こんな最悪なことになってしまった。

死霊達は肥大化し、御門の首をへし折りそうなくらい重みを増している。けれどもそれは、御門にしか感じられないものだ。双子は涼しい顔で彼を連れてきた。

「煌……っ」

「う、う――っ!」

開かれた脚の間に立たされた御門は、俺の膝に触れる。そうしないと立っていられない様子だった。両膝に左右それぞれの掌を当てながら、痛いくらい体重をかけてくる。

それをいいことに、敦弘が粘着テープをビィッと伸ばす。御門の手首に巻きつけ、俺の膝を放せないように括りつけた。

いつもぴんと張られている背筋は、明らかに外部の圧力を受けて不自然な曲がりかたをしている。骨や筋肉が軋むような、危険な音が聞こえた。

「勃つか？」

「どうやろ」

御門は俺の膝を放せず、双子が横から手を出して御門のベルトを外す。

汚れたスーツが乱されていった。スラックスのファスナーが下ろされる。

——っ、御門！

なんて、なんて下種《げす》な奴らだと怒りが湧いたけど、御門の顔を見るなり俺はその表情に心を全部持っていかれる。

俺を見下ろしている御門の顔には血や汗が滴り、紫色の唇は震えていた。それでも御門は、俺を見て安心している。たぶん、俺が無傷だからだ。

「煌……よかった、無事で……」

「う、ぅっ！」

物凄く具合が悪いのだと、顔色や声でわかる。背中にのしかかる霊の重さは俺には想像できないけれど、代われるものなら代わりたかった。俺がさっさとここの霊を祓わなかったから、だから御門がこんな目に遭ってるんだ。御門の苦しみを全部俺が引き受けたい。こんな御門を見ているくらいなら、俺が——。

「えいで、その調子や」

克弘の声が聞こえてきて、ヌチャヌチャと卑猥な音が立つ。

手術用手袋を嵌めた敦弘が、御門の性器に潤滑剤を塗りつけながら扱いていた。

普段のように雄々しく反り返ることはなかったけど、それは少しずつ勃ち上がる。

御門は抵抗することもなければ嫌がる表情も見せず、ただひたすら俺を見つめながら死霊の責め苦に耐えていた。

――ダメだ！　こんなこと続けてたら御門の体がっ！

死霊の重みで御門の背骨や首の骨が折れるんじゃないかと心配で、ボールギャグをどうにか取れないかと必死になる。でもどうしてもダメだった。唾液が溢れるばかりでベルトは外れず、舌を押し戻されると吐き気がしてくる。

「早う、イドに挿れや」

敦弘は御門の性器に触れ、克弘は精液採取容器を俺の性器に寄せた。

怨霊がゴォゴォと台風みたいな音を重ねる中、濡れた孔に硬い物が当たる。

霊が騒ぐせいで、他の音は何も聞こえなかった。

御門が息を詰めたのがわかるものの、目で見て察するだけだ。

バイブで慣らされた孔は容易に性器を迎え入れ、鋭い勢いで快感が走る。

「んっ、ふ……っ！」

たとえるなら、油を注がれた火のような……或いは水を得た魚でもいい。体中に血が満ちて、関節や筋肉が生き生きと動きだす感覚だ。こんな状況でも、俺の体は正直に反応している。

御門の熱い物が自分の中にあって、大きな手が肌に触れていることが嬉しい。頭では本気で申し訳なく思ってるのに、体は否応なく悦《よろこ》んでしまう。

「ふ、んぅ――っ」

「――ッ、ハ……」

御門の物が根元まで全部挿《はい》ってくると、俺の性器は芯を通したみたいに硬くなった。双子が鼻息を荒くしながら、繋がる俺達を見ている。

御門は意に介さず腰を動かし、俺の名前を何度も呼んだ。凄く苦しそうだったけど、大切な名前を呼ぶ時の響きだとわかる。「煌……」と、何度も何度も呼びながら、腰を揺らして俺を抱く。次第にその動きは滑らかになっていき、俺の両膝にかかる手の力が緩んでいった。

――っ、え？

俺は仰向けのまま、不意に奇妙な現象に気づく。

敦弘は俺の右側に立って性器を弄ってきて、克弘は左側で採取容器を手にしていた。御門を含め三人揃って俯《うつむ》き加減だったが、俺には頭上の死霊がよく見える。

それらは少しずつ少しずつ、御門の体から離れていた。あんなに大きく重たそうだった臓物や手や眼球の集合体が分裂し始め、部屋の天井や隅へと逃げていく。霊力が強過ぎる人間には纏わりつかない――そういう反応だ。御門が来る前の状態に近くなっていた。

――俺と、交わったから、か？

御門は俺を真っ直ぐに見つめながら、「黙っていろ」と訴える目をする。御門自身、自分の体から死霊が離れつつあることに気づいていた。顔色もだいぶよくなっている。

緩やかに動かしていた腰を力強く動かし始めた御門を見ているうちに、俺はもう一度快楽に呑み込まれた。気持ちが落ち着いたせいだ……。俺と交わることで一時的に霊力を高め、悪いものを寄せつけない力を得たなら、御門の苦痛は和らいでいくはずだ。

「っ、ふぅ、う」

「――ッ……！」

御門の動きがますます速くなり、内診台が激しく軋んだ。

双子の頭の中は精液採取のことで占められ、御門の手首と俺の膝を結んだ粘着テープが緩み始めていることに気づかない。

俺と御門がセックスに夢中になって、俺が早く射精することを願っている双子は――邪魔にならないよう沈黙しながら時を待っていた。プラスティック容器の角度を合わせ、俺の性器を扱きながら、早く早くと急かさんばかりだ。

「煌……っ」

御門が甘苦しい声を出す。

そこには本物の苦痛はなく、俺は心の底から安心していた。

こんな恰好とはいえ御門に抱かれて名前を呼ばれ、性器を弄られれば快感は当然ある。でもそういう肉体的な問題じゃなく、安堵《あんど》によって昂《たかぶ》るものがあった。体も、気持ちも、どこからこんな熱が来るのか不思議なくらい燃え上がっていく。

「う、ふ……ん、ん——っ！」

「ッ、ゥ……！」

御門の背中から悪いものが離れれば離れるほど、腰の動きは速くなった。

俺の中でいつもと同じようにみっちりと体積を増したモノは、硬くて熱い。奥を突かれると喘がずにはいられなくなる。声なんか出ないけど、口の中では「もっと、もっと……」と強く求めていた。ずぐんっと押し込まれるのがたまらない。

「う、ぅ——っ！」

気持ちよくて……よ過ぎて、体が蕩けそうだった。

廃病院の内診台の上なんかじゃなく、雲の上にいるみたいだ。

「——っ！」

「……ッ！」

御門は一際速く腰を叩きつけてきて、俺がイクなり止める。

いつものように一緒にイッた。血や汗で汚れた御門の顔が、官能的な色に染まる。

ほんの一瞬だけ見られる艶っぽい顔が、俺はとても好きだった。抱きつきたいのに抱きつけないのがもどかしくて、縛られた手が行き場を求めて痙攣《けいれん》する。

「よし、完璧や」

双子が俺の精液を採取する。透明のプラスティック容器の中に、白濁した物が見えた。

俺がまだ小刻みに射精を続けているため、二人の視線はそこから離れない。だから気づいていなかった。御門の両手が粘着テープの輪から抜け、自分達に向かっていることに——。

「う……っ、ぐあぁぁ——っ!!」

一瞬——本当に一瞬の出来事だった。

御門は俺の脇腹に位置する双子の首根っこを摑み、二人の顔をぶつけ合わせる。

額が割れ、鼻や歯が折れた音がした。俺の腹の上で、同じ顔がそれぞれ酷く歪んで血を流す。

蓋をする前の容器から零れた精液の水溜まりに、血がボタボタと降ってきた。

——御門……っ！

双子は髪を引っ摑まれたまま左右に引き離され、床に放られてのた打ち回る。

その隙に腰を引いた御門は、ファスナーを上げながら内診台の頭側に駆け寄り、きつく装着されていたボールギャグのベルトを外してくれた。

怠《だる》かった顎がカタカタと痙攣する。ボールには空気孔があったけどやっぱり苦しくて、俺は必死に酸素を求めた。プラスティックや革の臭いがしない空気が、口内に流れ込んでくる。

「銀っ！　死霊を祓え！　ここにいる死霊全部だ！」

犬神一族本家直系の末裔《まつえい》である俺の言霊に、最強の狗神、銀が動きだす。

銀自身が言霊を待っていたことを、俺はよくわかっていた。

遠い昔の怨念は、解除できない強制プログラムのように銀を縛りつける。

離れたくても離れられず、呪いたくなくても呪ってしまい、助けたくても助けられない。

苦しいのは一族の末裔だけじゃない。狗神の呪いは、狗神自身も苦しめる……とても悲しいものだ。

「銀……っ」

呟いたのは御門だった。

俺達の目の前で、銀は強大な霊体に変容する。

大型犬程度の大きさだった狼の体は、白銀の龍《りゅう》のように巨大化した。

頭部だけで部屋を埋め尽くすほどになり、鋭い牙で死霊を咬《か》み散らす。

断末魔の悲鳴が聞こえた。悶絶《もんぜつ》する双子の声と重なり合う霊の悲鳴。内臓の塊みたいで酷く気持ち悪いものだけど、消える瞬間だけは綺麗だった。

元はといえば罪のない被害者の怨念だ。銀に喰《く》われることで成仏して、次は長く生きられる人生を手に入れてほしいと思う。

「凄いな……っ、大丈夫か？」

御門は銀の霊体が部屋中を駆け回る間も、体まず手を動かし続けていた。俺を拘束していた粘着テープを外し、スーツの上着を脱いでかけてくれる。今は真冬で、気温が低いことを突然思いだした。体がぶるぶる震えて止まらず、俺の痺れた四肢は御門の体に向かっていく。

「御門っ」

縛られていた両手の感覚がなくて、ぎゅっとしがみついてもまだ実感が湧かない。

御門の両腕でしっかりと抱き締められて初めて、ああ終わったんだと思えた。

かけてもらった上着越しに、御門の体温を感じる。逞《たくま》しい腕や胸、筋肉や骨の感触。御門が背負うオーラ。この人を構成するすべてのものが、確かにここにあった。

「ごめん、俺……っ、迷惑かけて」

「お前が悪いわけじゃない。怪我《けが》はないか?」

「俺は平気だけど、御門は? 顔に傷ついてる……体は?」

部屋中を駆けていた銀が、霊体からいつもの状態に戻る。

血や臓物で溢れていた部屋は、がらんとした廃墟《はいきょ》になった。蠟燭の灯りに照らされるのは、埃と蜘蛛《くも》の巣だらけの空間に過ぎない。ホラー映画に出てくる病院のセットみたいな雰囲気で、霊的なものは一切なくなっていた。

「俺は大丈夫だ。さあ、帰ろう」

御門はポケットからハンカチを取りだして、涙や唾液で汚れた俺の顔を拭う。

そのあとで精液や双子の血が付着した腹部も拭い、台の上からそっと下ろしてくれた。

「御門……銀……」

未だにのた打ち回る双子を無視して、銀が御門の横に立つ。

アイスブルーの瞳が俺を見上げていた。無感情に見えるけど、本当はそうじゃない。

俺が言霊を使えず、御門を助けられない無力感に苛《さいな》まれた時のように、銀はいつも、自分の意思ではどうにもできない想いを抱えている。使役する者とされる者、呪われる者と呪う者、狗神憑きと狗神の関係は、たとえそこにどのような感情が芽生えたとしても変わらない。

「銀……」

俺は銀に向かって手を伸ばし、銀色の毛皮に触れた。

子供の頃は当たり前にしがみついていた体に、思いきって手を回す。

実母を呪い殺したのが銀だと知ってから、ずっと触れていなかった。何年ぶりだか自分でもわからない。あまりにも久しぶりだったのに、指先は意外なくらい銀の感触を覚えていた。

艶々した見た目通り、つるりと指から逃げる毛皮。温かくも冷たくもない体。鼓動すら感じられないけれど、俺にとっては生体と同じだ。

「帰ろう」

『私が帰る場所は、お前のいる所だ。どこへなりと連れていくがいい』

銀はそう言って、俺の顔を舐める。温度のない舌の感触が、酷く懐かしかった。

緊張が解けたせいなのか久しぶりに銀に触れたせいなのかわからないけど、涙腺が崩壊したみたいに涙が出てくる。銀の舌が、自分の涙のせいで温かく感じられた。

「御門をここまで案内してくれて、ありがとな。それと、ずっと……ごめん。お前が悪いわけじゃないって、わかってたのに……っ」

『お前の母親を私が呪い殺したのは事実だ。これから先お前の子を産もうとする女を呪うのも事実。私の存在は怨念と共にある』

「銀……」

言葉とは逆に、怨念なんか微塵《みじん》も感じられない。

惨殺されて踏み躙《にじ》られた誇り高い狼は、自らの怒りに永遠に縛られる。けれど憎悪も憤怒《ふんぬ》も年月と共に薄まって、怨むべき術者の末裔と一緒にいる理由は、変わってきているのかもしれない。自分を見てくれる者、触れてくれる者。そういう相手が必要なのは、俺も銀も同じだ。

「お前の呪いは、俺が終わらせるよ」

力の限り抱きついて、そう告げた。

銀の体も犬神一族直系の血も、いずれは絶える——絶えさせる。それでもこの命ある限り、銀と共に、そして御門と共に、最大級の幸福を求めて生きていきたい。

《十二》

廃病院での事件から二日が経ち、俺は仕事に復帰した。

店が終わると迎えの車に乗って花屋に寄り、注文しておいた青い薔薇を受け取る。

あの夜、御門は犬神克弘と敦弘を放置し、脅しの言葉すらかけずに廃病院をあとにした。

失神していた部下を起こして病院の駐車場跡地まで歩き、ヘリに乗り込んで自社ビルのヘリポートに着いたのはよかったが、自分のテリトリーに戻るなり背中の痛みを訴えた。

本来霊には物理的な重さはないものの、霊力が強い御門は霊の存在を感知することで錯覚の重力に苦しみ、そのせいで背骨の一部を痛めて全治三週間と診断された。

周辺組織や神経が無事だという理由から入院すら拒んでいた御門を、俺はどうにか説得して入院させた。無理をしてもっと体を痛めたらいけないし、心配でたまらなかったから。

「お仕事お疲れ様でした。青い薔薇、とても綺麗ですね」

病院の裏口で、俺は以前のように堤さんと待ち合わせる。

その瞬間、妙な違和感を覚えた。いつも通り穏やかな笑顔で迎えてくれたが、表情にしてもオーラにしても、なんとなく曇って見える。

「御門は？　ちゃんと安静にしてますか？」

「はい、それが実は……急に熱を出して倒れられまして」

「え、っ？　大丈夫なんですか⁉　いつから⁉」

特別室専用エレベーターの扉が開くと、俺は急いで乗り込んだ。ボタンを連打して扉を閉め、上階に向かう。

「午後十時半くらいだったと思います……代表の携帯に電話がかかってきました。私は秘書を務めていますが、交友関係すべてを把握しているわけではありませんので、どこからかかってきたのかはわかりません。ただ、代表は電話の相手に『ご苦労だった』とだけ仰《おっしゃ》っていました。その直後です。お元気でいらしたのに急に倒れて高熱に浮かされ、意識も朦朧《もうろう》としていました。すぐに医師を呼びましたが原因がわからず、今は眠っていらっしゃいます」

「電話のあと、いきなり倒れたってことですか？」

「はい……ご連絡しようと思ったのですが、一応薬で落ち着きましたので、いらっしゃるのをお待ちしていました」

エレベーターが到着して扉が開くなり、俺は飛びだしたい体を理性で止めた。

御門が高熱の苦しみから逃れてやっと眠ったなら、起こさないよう気をつけなきゃいけない。

少し急ぎつつも静かに廊下を進み、昼間来た時と同様にナースステーションで面会者名簿に偽名を書く。相変わらず高木《たかぎ》光一のままだったが、今はもう、そんなに気にならなくなった。

『煌、御門のそばに悪いものがいる』

病室の扉の前に立った途端、真横にいた銀《しろがね》が険しい顔をした。

俺は青い薔薇のアレンジを堤さんに向かって差しだす。

「しばらく二人きりにしてもらっていいですか？　あとこれ、ガサガサ鳴って起こしちゃうといけないので、お願いします」

「お預かりします。私は隣の控室におりますので、何かありましたらお呼びください」

ぴしっとしたスーツ姿の堤さんは、花を受け取って恭しくお辞儀する。

三度目の入院は完全に俺のとばっちりだとわかっているのに、最初に会った頃よりも態度が柔らかくなっていた。御門に命じられているからとかじゃなく、心から俺を受け入れてくれているのがわかる。

——悪いものって、いったいなんだ？

俺は銀の顔を見ながらも、堤さんがまだ近くにいたので声には出さない。

確かに病室の中から嫌な感じがしたので、音を立てないよう注意しつつ扉を開けた。

生物の体は弱ると免疫力が落ちて悪い菌に感染することがあるが、霊に関しても同じことが言える。怪我が原因で体調を崩し、守護霊の力がダウンして悪い霊に憑かれたのかもしれない。ましてやここは病院だ。性質《たち》の悪い死霊が浮遊していてもおかしくない。

——俺が入院なんかさせたからか？　自宅療養したほうがよかったのか？

不安で胸が潰れそうで、衝立の向こうに回るのが怖かった。

それでも急いで回り、銀は張られた布をすり抜ける。

「……っ！」

最低限の照明だけが灯された病室で、俺は二つの黒い影を見た。

御門が眠っているベッドの脇に、対の死霊が左右に分かれて立っている。

御門の守護霊が懸命に抗《あらが》っているのが感じられたが、相手はあまりにも強い死霊だった。

まったく同じものが二つ合わさることで、二倍以上の力を発揮している。焼死した霊なのか、まるで炭で作った黒い人形みたいだった。

――克弘……敦弘っ！

死して霊になっても、俺にはわかる。

顔なんかなくたって、その強大な霊力には覚えがあった。

左右から伸ばされた黒い手が、御門の額や胸を押さえつけている。

『煌、あの霊は……』

「っ、わかってる。全部、わかってる」

体中の血が凍結したみたいに冷たくて、俺は一歩も動けなかった。

そんな俺に気づくこともなく、御門は魘《うな》されながら眠っている。左手は点滴に繋がれていた。

『大物の怨みを買ったな』

銀は低めた声でそう言うと、わずかに唸《うな》る。

生前は人間的に小物だったが、俺の従兄達は霊力的には大物だ。

思うに御門は、これまで悪いことをしなかったわけでも、人の怨みを買わなかったわけでもないのかもしれない。俺は御門のことを、仕事のわりに案外クリーンな人間で、霊的にも綺麗なんだと思っていた。でもそれは俺の希望的観測だ。

守護霊が飛びきり強いために、悪いものを寄せつけなかっただけのこと。御門はこれまで、頗《すこぶ》る運がよかったんだ。無論、それだけ強い霊に守られ続ける傑物だということだけど――。

そしてこれから先も御門の強運は変わらない。何故なら俺が絶対に、悪いものなんて近づけさせないから。

「銀、このこと御門には言うな。たぶん御門はまだ気づいてない」

今から二時間前の午後十時半、どこで何が起きたのかはわからない。

ただ、ひとつだけ明確な証拠がここにある。克弘と敦弘は、もう生きてはいない。

御門にかかってきた電話、報告の内容。それがなんだったのか推測できる。どうして御門がそんなことをさせたのかも、考えるまでもなく察しがついた。

「銀、二人の霊を」

『従兄達の言い分を聞かなくてもいいのか？　双子は今、御門に対する憎悪に囚《とら》われている。私達に気づかないほどにな。だが、お前が声をかければ我に返るかもしれない』

「何も聞く必要はない。従兄達なんて知らないし、どうなったかも、どこに行ったのかも俺が知ることはない。銀、お前もだ。御門は体調を崩しただけで、これは霊障でもなんでもない」

新たな狗神を作るべく数多くの犬を惨殺してきた一対の炭人形が、ようやく俺に気づく。

元々俺は、腐りきった下種共を犬と同じ目に遭わせてやりたいと思っていた。

霊力が強いだけに自分の狗神を欲してやまなかった双子が、どれだけのことをしてきたのか知っている。だから彼らの死にも驚かないし、同情する気持ちもない。心は酷く冷めていた。

「銀、祓え」

死んだばかりで理性の薄い死霊を見ながら、俺は命じる。

銀色の狼は巨大な霊体に変わり、悪霊に向かって飛んでいった。

断末魔の悲鳴が聞こえてくる。どんなに強くたって、最強の狗神には敵《かな》わない。

――御門が俺に言わないことは、知らなくていい。

悪霊が消えてから、俺は御門のそばに行って手を握った。

穏やかな寝顔ではなかった御門は、眉間に寄せていた眉から力を抜く。

シュッとした綺麗なラインを描く眉が、本来の形に戻った。強張っていた頬や引き結ばれていた唇からも、余計な力が抜けていくのがわかる。

――もう二度と、こんな目には遭わせない。

これで残るは一人。銀の姿が見える血族は、俺の他に一人だけになった。

田舎から動けない曾祖父が寿命を迎えれば、金輪際誰にも見えなくなるはずだ。見えるのは俺と御門だけ。そしてこの血は受け継がれることなく終わる。

「……煌？」

銀が普段の姿に戻った頃、御門が目を覚ました。

最低限の灯りしかついていない病室で、俺は御門にキスをする。

夢と現《うつつ》を行き来している最中だったらしい御門は、予想以上に驚いていた。案外長い睫毛を何度か揺らし、現実だと確信するなり微笑《ほほえ》む。

その表情や、もう一度「煌」と呼んでくれる声から深い愛情を感じて、これは現実なのかと俺のほうが疑いたくなる。まるで夢みたいだった。相変わらず綺麗なこの人が、自分の恋人だなんて、そんな甘い現実が本当にあるんだろうか？

「熱、大丈夫か？」

「ああ、来ていたんだな……体のほうは平気なのか？」

自力で身を起こそうとした御門を制して、俺は電動ベッドのリモコンを手にする。

渡しながら「人の心配してる場合じゃないだろ」と言って笑いかけると、御門も笑った。

わずかな電子音がして、ベッドの頭側が少しずつ持ち上がる。

座った形になった御門の横で、俺は椅子に腰かけた。銀は当たり前のようにベッドに乗り、肘かけ状態で御門に懐く。やっぱり御門が一番いいらしい。

「悪い霊に襲われると、精神的なショックが遅れて来たりするんだ。一時的な発熱とかはよくあることだし、今はもう下がってるから平気だと思うけど……無理しないでくれ」

「そうか、情けないところを見られたな」

「情けなくなんかないし、俺のせいで痛い思いさせて、悪かったと思ってる」

「お前のせいじゃない。あの時、自分の直感を信じてよかった」

御門はそう言うとすぐに、膝の横を軽く叩いた。「ここに来てくれ」と口でも言われ、俺は座ったばかりの椅子から立ち上がる。

御門に指定された場所に座ると、彼は「両手に花だな」と言って、俺の腰と銀の首を、左右それぞれの手で抱き寄せた。そしてまた笑う。

御門はある程度霊が見えるけど、つい今し方まで左右に死霊を侍《はべ》らせていたことは知らない様子だった。本当に穏やかで、スッキリした顔をしている。霊力の強い敵が死に、これから先俺を守るためには、現世の力のみ行使すればよくなったからだ。

今この瞬間も、そんなことを考えているように見えた。

「御門……あの時、助けに来てくれてありがとう」

「改まってどうしたんだ?」

「なんていうか、考えようによってはただ単に精子を提供するだけのことなんだけど、俺にはそれが絶対にしてはならないことに思えたし、耐えられなくて。俺のそういう気持ちを真剣に受け止めてくれて……助けてくれて、凄く嬉しかった」

本心を口にしているだけなのに、顔が熱くなる。

薄明りの中で見つめ合いながら、俺は御門の顔色がよくなっているのを実感した。

今の俺みたいに急激に赤くなったりはしないが、健康的で生気に満ちた力強さを取り戻している。目力もすっかり元通りで、瞳に映っているだけで鼓動が乱れた。

「あと、ごめん。ハッキリ言ってなかったけど俺、御門とちゃんと付き合ってると思ってるし、す……好きだし、恋人だと、思ってるから……」

「いまさらだな」

御門は実にあっさりと返してきて、銀は何故かあくびをする。

受け流されたみたいで一瞬傷ついたけど、御門の表情は次第に変わっていった。

当然と言わんばかりな顔から、嬉しそうな顔へと変化する。照れている様子や可愛げは特にないものの、悦びは見て取れた。

「いまさらでも、言っておきたかったんだ。分不相応で嘘みたいな話だってわかってるけど、それでも俺は……いや、だからこそ余計に、かな？　とにかく大事にしていきたいと思ってる。俺が守れる方法で、御門を守っていきたいんだ」

何を言っているのかだんだんわからなくなってきて、混乱で頭がくらくらする。

たぶん頭に血が集まり過ぎたんだと思う。逆上《のぼ》せた時に似た感覚だった。

「分不相応でも嘘でもない。お前は俺には勿体ないくらい綺麗だ」

腰に触れていた御門の手は、顔のほうへと上がってくる。でも実際に触れたのは胸だ。

煙草の臭いが染み込んだスーツの上着から手を入れられ、胸の中心よりもやや左に掌を当てられる。ただでさえ高鳴っていた心音が、ドクドクと大きく脈打つのがわかった。

「誰も不幸にしたくないという理由で、お前はゲイでもないのに女に触れず……生涯を独りで過ごす覚悟を決めていた。自分の運命や銀の存在など、どうにもならないことを真っ直ぐ受け入れ、そのうえで懸命に生きていた」

「御門……」

「霊力を使って噂になれば追手に見つかる危険があると知りながらも、霊障に悩む顧客に手を差し伸べ、そのうえ凌辱《りょうじょく》にも等しい俺の行為を許してくれた」

御門の左手が俺の背中に触れ、弾けそうな心臓を前と後ろから挟み込む。

口で何か言わなくても済むくらい雄弁な心音が、御門に伝わっているだろう。

こんなにも好きで、いつもドキドキしていたことを……御門は知っていただろうか？

「姿形が美しくても、心が伴わない人間はいくらでもいる。お前はどちらも綺麗で、本当は、俺のような人間が触れてはいけないのかもしれない」

その言葉とは裏腹に、御門はさらに俺の体に触れる。

スーツの上着を脱がして、袖を抜くなり胸にキスをしてきた。

シャツ越しだけど乳首を唇で挟み、そのあと舌でつつく。さらに歯列を使って軽く嚙《か》んだ。

「あっ、ぅ」

まるで電流みたいな刺激が走る。俺は黙って座っていられなくなった。

御門の背中をベッドから離しちゃいけないと思ったから、自分で体を寄せる。起き上がったベッドマットの上部に手をつくと、シャツのボタンを外された。

「御門っ、ぁ……」

「たとえどれだけ分不相応だとしても、俺はお前を放さない」

「――っ、あ……」

「俺と共に一代で果てよう。その分、人一倍自由に生きていけばいい」

なんだかプロポーズみたいだ。なんて思うのは、おこがましいだろうか?

夢を見過ぎかもしれないけど、一度そう思ってしまうと気持ちが昂ってたまらなかった。

シャツを開かれ、ベルトを外されながらも抵抗できない。「安静が必要なんだろ」と、蚊の鳴くような声で一応制してはみるものの、このまま色々したい欲望が見え見えだ。

「コルセットさえ着けていれば日常生活に支障はない。退院しても構わないと言われている」

「セックスは日常生活に入るのか?」

「俺にとっては日常だ」

「ん、ぁ!」

ベッドに座る御門の体を跨がされ、スラックスも下着も膝近くまで下ろされる。

銀が横で見てたけどいまさらな気もして、それほど気にはならなかった。

御門の背中に負担をかけないよう動くことが何より大事で、俺は胸を迫《せ》りだす恰好を取る。

傾斜した電動ベッドのマットの上で、今にも落ちそうな枕を押さえた。

そこに後頭部を当てている御門に、自ら乳首を寄せて吸わせる。

弾力のある唇を肌で感じながら、突起を舌で転がされた。

「ふ、ぅあっ」

「ッ、ン……」

御門の手が脚の間に回ってきて、半勃ちの性器に触れられる。

その瞬間、まるでスイッチが入ったみたいに勢いづく俺の分身は、腹に向かってメキメキと勃ち上がった。まだ触られていない後ろも同じで、体の中から蠢く感じがする。俺の体はもうすっかり御門に慣らされ、抱かれる悦びを知り尽くしていた。

「御門……っ」

キスがしたくてたまらなかった。そして早く繋がりたくて、御門の顔から胸を離す。

名残《なごり》惜しそうに舌を突き立てられて舐められると、唾液が糸を引いて目にもいやらしい。

淫靡《いんび》な光を目にして一層興奮した俺は、貪るようにキスをした。濡れた御門の唇を、欲深い自分の唇で潰す。

実際に潰れるのは俺の唇のほうだけど、押し返される感触が気持ちよかった。

舌を交わす勢いも、せっつく俺に負けていない。

「ん……ふ、ぅっ」

顔を斜めにして、できるだけ深く深く。欲望を隠さずにこうしていられることが嬉しくて、俺は舌を絡めながら御門の股間に触れた。上等な手触りの紺のパジャマを引き下ろし、凶暴なくらいガチガチに勃起した性器を握る。

「はっ、う、んっ」

「――ッ、ハ……」

お互いの性器を扱きながら、息苦しいくらいキスをした。ボールギャグを嵌められたあの時みたいに唾液が溢れたけど、今はそんなことどうでもいい。性器の先端からも先走りが漏れて、クチュクチュと卑猥な音がした。

「っ、んぅ、御門……！」

唇を離した途端、俺は呆気なくイッてしまう。

御門の手や袖や、それ以上にあちこち汚してしまったけど止まらなかった。

絶頂のあとは浮遊感に襲われ、何がなんだかわからないうちに体を逆向きに返される。気がついた時には、御門の顔が見えなくなっていた。

後ろから抱かれ、俺は布団の上に手をつきながら御門の脚に触れる。筋っぽい両脚が硬くて触り心地がよかった。この人は本当に、どこもかしこも強くてしっかりしていて、少し触れているだけでも安心する。

「あ……っ、ふ、ぁ」

「煌、そのまま腰を落とせ」

艶めいた低い声で言われて、背後から尻肉を割られる。

後孔に精液を塗りつけられるのがわかった。指をクプッと挿入され、普段より性急な動きで拡張される。円を描くみたいに、ぐいぐい拡げながら自分の精液を詰め込まれた。

「は、ぁ……っ」

俺は言われた通りに腰を落とし、濡れた孔を御門の先端に当てる。

小さな窄まりは心得たようにじわじわ拡がって、熱いそれを呑み込んだ。

「ふ、あ、あ……や、大き……っ」

「――ッ」

やけに大きく、そして硬く感じる欲望に胸が躍る。

そういうふうになった自分を、恥ずかしいと思う気持ちは当然あるけど……それ以上に今の自分を幸せな人間だと思った。じっと見ている銀に向かって「隣に行ってろ」と命じる余裕もなく、俺は夢中で腰を揺らす。

「あ……御門っ、す、好き……っ」

口を開ければ嬌声と御門の名前が漏れた。あとは「好き」と、何度も繰り返してしまう。

御門の両手が脚の間に回ってきて、イッて間もない性器を扱かれる。あとは胸も――。

「は、あ……はっ、あ、ぁ！」

「煌……遠慮することはないんだぞ、もっと動け……もっと激しく――」

肩越しに聞こえる御門の声に官能的な響きを感じながら、俺は腰を上下させる。

尻の中というより、腹の中まで突かれている感覚だった。腰を沈める度に抉《えぐ》られ、浮かせる度に肉の凶器で逆撫でされる。刺激的で熱くて気持ちよくて、遠慮なんてそもそもしてない。

「っ、は……っ、んぅ、い……いぃっ」

「銀、煌の右胸が淋しそうだ。見物してないで舐めてやったらどうだ？」

『私は雄だ。雄同士で交わる理由がない』

「交われなんて言ってない。煌と交わっていいのはこの世で唯《ただ》一人、俺だけだ。ほら、お前もよく知っているだろう？　思わずしゃぶりつきたくなるほど綺麗な色だと思わないか？」

御門が銀に変なことを言ってるのがわかっても、俺は何もできなかった。

突かれる快感から抜けだせなくて、一時も止まれない。

御門の左手で乳首を摘まれ、点滴の管が腕にパシパシと当たっていた。邪魔なそれを通り抜けるように左側から迫ってきた銀が、俺の目の前に立つ。

『私に色などわからないが、お前に抱かれる煌の姿は嫌いではない』

「や、う……やめっ！」

銀は俄《にわ》かに尾を振り、右胸を舐めてくる。

温度もないし唾液もつかない、でも俺には感じられる不思議な愛撫だった。

同時に御門の右手の動きが速くなり、射精しそうになっては手を止められる。

左の乳首は腫れそうなほど摘まれて引っ張り上げられ、俺の嬌声は時折悲鳴になった。

「煌、っ」

「は、あ……っ、んあぁ、あ……！」

三点を責められて腰を動かせなくなった俺の代わりに、御門が下から突いてくる。

熱と一緒に怪我の痛みもどこかに吹っ飛んだみたいな勢いで、一突きごとに俺はイかされた。

びゅくびゅく濃いのを噴きながら、限界まで仰《の》け反ってキスをする。

体中の骨や筋肉が痛くなるような、無理な体勢のキス。

ただでさえ苦しい中で、俺はまた、しつこいくらい想いを告げた。馬鹿の一つ覚えみたいに、同じ言葉を何度も何度も——。


青い薔薇にも香りはあり、はしたない匂いのする病室を優雅な香りに変えてくれた。

微妙に残って混じり合ってはいたけれど、どちらにせよ俺にとっては嫌な匂いじゃない。

心配していた堤さんを安心させるため、俺はシャワーを浴びてから控室に向かい、そのあとナースステーションに行って簡易ベッドを出してもらった。

御門が寝ているベッドの横に同じ高さのベッドをくっつけ、お揃いのパジャマを着て寝る。元々泊まらせるつもりだったらしく、下着や明日の着替えまで用意されていた。

「御門、まだ起きてるか？」

沈黙が続くと眠っているのか起きているのかわからなくなり、俺は小声で話しかける。

お互いのベッドの柵は落としてあった。わずかに重なった布団の中で、手を握り合っている。

天井に顔を向けて目を閉じていた御門は、瞼を上げて俺のほうを向いた。

点滴スタンドが左にあるので、俺のベッドは右側だ。

「起きてるなら相談したいことがあって」

「なんだ？」

『なんだ？』

御門が言うと、何故か銀まで同じことを言う。御門のベッドで伏せていたくせに、すくっと顔を上げた。俺の相談は銀にも関係することなので何か察したのかもしれないが、つい笑ってしまう。

「ホスト、やめようと思ってるんだ」

俺は二つのベッドの境界で御門の手を握りながら、自分の考えを口にした。御門と付き合い始めた頃から気持ちは傾いていたけど、決定的になったのは双子の死と、プロポーズみたいな言葉のせいだ。俺は結局、追手がいなくなったことや御門の想いに甘えているのかもしれない。

「やめてどうするんだ？　俺の妻の座なら空けてあるぞ」

「っ、冗談じゃなく本気で」

「俺も本気だ」

御門は枕に半面を埋《うず》めたまま笑い、俺の手を引っ張った。

せっかく簡易ベッドを用意してもらったのに、結局同じベッドに移る。

それなりに広いベッドも、俺と銀で御門を挟むと結構狭く感じられた。御門は俺より体温が高く、布団の中はぽかぽかしている。

「霊媒師、本気でやろうかなって思ってる」

御門の枕の隣に自分の枕を置いた俺は、上体を起こしたまま思っていることを口にした。

御門は俺の言葉に驚く様子はないものの、何も言わずに俺の顔を見上げている。

「ホストの仕事で、生きてる人の話とか、もちろん悩みもたくさん聞いてきたけど……それは俺じゃなくてもできるだろ？　霊の訴えを聞いたり伝えたりするのは、生まれつき強い霊力を持った俺の使命なのかもしれないし……霊を祓えるのは銀の力だ。俺と銀と、持ち得る能力を活《い》かしていくべきじゃないかって思ってる」

「お前と銀が才能を活かすのは構わないが、俺がかかわる余地はあるんだろうな？」

御門は何もかもわかっている様子で訊いてくる。

その問いかけに、俺は大きく頷《うなず》いた。

「双子は銀を見つけて俺の職場を特定し、元顧客に金を渡してああいうことをしたわけだし、このまま東京にいれば追手はまた来ると思う。たとえ逃げても、霊媒師なんて仕事をしてたらすぐに見つかるかもしれない。だから、そこは御門に頼りたいんだ」

俺は置いた枕に触れ、意味もなくカバーの皺を伸ばす。

しばらくは無表情だった御門は、左手を布団から出してきた。

点滴の管が揺れる中、大きな手が俺の頭に触れる。ぽんぽんと、軽く叩くようにして撫でる手は、とても優しく温かかった。

「マネージメントは俺が選任した者と協力して行うこと、あまり危険な場所には行かないこと、常にボディガードを従えて動くこと。そのすべてを守るなら、俺は喜んで協力する」

「っ、予想以上のことを……言うんだな」

「二度と危険な目に遭わせたくないからな、それくらい当然だろう？　俺もまた、お前の力で救われた人間として霊媒の有用性は理解しているつもりだ。だが……お前の体に誰かが触れるようなことは絶対に許せない。できることなら犬神一族を根絶やしにしたいくらいだ」

御門は俺の耳や頬に触れながら、物騒なことを言う。

本当は容赦のない男だとわかっていた。

俺に触れる手はいつだって優しいけど、それが御門のすべてじゃない。

炭人形のような焼死体の霊に取り憑かれ、魘されていた。あれも真実――。

「双子は……さすがに懲りて手出ししてこないと思うし、曾祖父は年だし腰も悪いし、大したことはできないと思う。でも、言う通りにするよ。というか、お世話になります。色々と迷惑かけるかもしれないけど、末永くよろしくお願いします」

俺は御門のベッドの上で、あえて三つ指をついてみる。

殊勝な態度に満足したのか、御門は上機嫌な顔で俺を抱き寄せた。

銀も活躍の場ができて嬉しいらしく、珍しく舌を伸ばしながら尻尾を振り回す。

「寝るなら自分のベッドに戻らないと。狭いと背中が痛くなるだろ？」

「ここにいろ――一時も放したくない」

御門に押し倒されて、ぬいぐるみか何かのようにぎゅうぎゅう抱かれた。

額に寄せられる唇が名残惜しくて……居心地がよ過ぎて、自分のベッドに戻れない。

今とても幸せだから、余計なことは何も言わない。完璧じゃなくたってべつにいいんだ。

現世の力で御門が俺を守ってくれるように、俺もまた、御門を守って生きていく。いつか、俺が死んで霊になったとしても、守護霊になって守り抜く。この人がいつまでも、強く輝いていられるように――。

あとがき

初めまして、またはこんにちは、犬飼ののです。

この度は『狼憑きと夜の帝王』をお手に取っていただきありがとうございました。


今回は普段書かないものに挑戦したい気持ちがありまして、お題をいただいてみました。

オカルトは初めてだったので、これはいいお題をいただいたわ～と思って楽しくプロットを書いてみたら、ほぼ全没で（くたびれたオッサン×地味な高校生の話で……内容的にも暗くて重くてドロドロでした）、「もっとキラキラしたキャラクターで……」と担当K様が仰るので、ウォータービジネス界の超美形帝王×美人霊媒ホスト＋銀毛美狼モフモフに変更。

あらいつも通りになったわね……と思いつつも、好きなタイプを遠慮なく書いているうちに、無理はイカンと思い知りました。やっぱりキラキラが好き！

そんなわけで楽しく書かせていただきましたが、苦労したのは土佐弁関係で、まずは自分で調べてなんとか書いてみたり、詳しい方々に教えていただいたり、最終的には土佐弁部分だけ別個に校閲をお願いしたりで……担当様を始め、ご協力いただいた皆様に頭が上がりません。

本当にありがとうございました！

☆お知らせ――本書の番外編を「小説b-Boy」2014年1月号（リブレ出版刊）に載せていただけることになりましたので、サイトなどで情報をチェックしてみてください。そちらもお読みいただけますと幸いです。

B-PRINCE文庫さんからは、他にも『三次元恋愛《リアルラブ》の攻略法』と、『二次元恋愛《ドリームラブ》の実践法』が出ています。どちらも、それまで書かなかったタイプのものに挑戦させていただきありがたく思っています。今回もお題をいただかなかったら思いつかなかったと思うので、初オカルトに挑戦させていただき感謝です。既刊のほうも是非よろしくお願い致します。

イラストはこれからという状況ですが、山田シロ先生のイラストや漫画を拝見し、一年以上前からこの時をずっと楽しみにしていました。ご一緒させていただき光栄です。何卒よろしくお願いします！

いつもご感想やメッセージをお寄せくださる皆様と、本書をお手に取ってくださった皆様、この本に関係してくださったすべての方々に心より感謝致します。ありがとうございました。どうかまたお会いできますように！

犬飼のの

初出一覧

狼憑きと夜の帝王　/書き下ろし

B♥PRINCE
http://b-prince.com

B-PRINCE文庫をお買い上げいただきありがとうございます。
先生へのファンレターはこちらにお送りください。

〒102-8584
東京都千代田区富士見1-8-19
株式会社KADOKAWA　アスキー・メディアワークス
B-PRINCE文庫　編集部

狼《おおかみ》憑《つ》きと夜《よる》の帝《てい》王《おう》

発行　2013年10月7日　初版発行

著者｜犬飼のの
©2013 Nono Inukai

発行者｜塚田正晃

プロデュース｜アスキー・メディアワークス
〒102-8584　東京都千代田区富士見1-8-19
☎03-5216-8377（編集）

発行｜株式会社KADOKAWA
〒102-8177　東京都千代田区富士見2-13-3
☎03-3238-8521（営業）

印刷｜株式会社暁印刷

製本｜株式会社ビルディング・ブックセンター

Printed in Japan
ISBN978-4-04-891966-1 C0193

B-PRINCE文庫

好評発売中!!